喜欢童话的人，心里都种着太阳。

THE SECRET OF

H A P P I N E S S

靡香国
没有婚礼

苏芩—— 著

写给大孩子们的
《一千零一夜》

中国友谊出版公司

自序

喜欢童话的人,心里都种着太阳。

从小到大,我一直这么固执地认为。

总有人问我:"为什么喜欢童话?"

"因为童话都是骗人的。它骗我们一直像孩子一样纵情快意地生活下去。"

自小酷爱读各种童话精怪故事,没来由地喜欢。但 80 后这代人的童年,能找到的也不过是《绿野仙踪》《一千零一夜》《伊索寓言》,再加上《格林童话》《安徒生童话》这些。那时候胡同里要好的小伙伴但凡谁得了一本有趣的故事书,免不了要一番炫耀的。让我们这些孩子们羡慕得呀,个个鞍前马后,又是分他零食,

又是问寒送暖,不外乎就是想蹭人家好书看看。

等终于哄到手了,那真是要点灯熬油地不肯睡。每次读到最后三分之一时,基本上就会放慢速度了,实在不舍得太快读完。那时候总想着,等长大了,一定要把所有好看的童话精怪故事书都买回来,一气儿读个够。

不过这愿望一直到现在也没实现。长大了才发现,根本就没有适合我们这些"大孩子"读的童话书了。

"要是我也能写童话……"这就像是一直以来的一个隐隐的梦,忽远忽近,不敢触碰。

直到一年前,去了伊朗旅行。

在德黑兰的最后一天,是个周末,原本计划是参观珠宝博物馆,去了才被告知周末闭馆不开门。这六月时节的大中午,酷热如蒸,外面片刻待不住。彼时房间已经退订、大巴发车还早,得了,大伙商量着"先去地毯博物馆转转吧"。

原本只是想进去喝杯茶歇歇,仅是如此。茶是加了玫瑰花、藏红花的正宗红茶,地毯是经过了千百年历史的时间化石。我端着茶盏坐在入门处的石阶上,对望着的是整整半面墙挂着的一条

巨幅羊毛织毯，织满了各色鲜活栩栩的人物，有的披甲如将军，有的携盾矛似卫兵，还有的戴高冠貌若国王……个个跃然如生。我就安然坐着、静静凝视，手里是冒着热气的艳红香茶，眼里是三千世界万马千军，心里在猜度着每个人都有怎样的故事……几小时之后，当我坐上了去往设拉子的大巴车后，一个奇幻的童话故事已然构思完成。没错，就是这本书中的《拉法哈莉的丝毯》一则。

坦白说，这本书的写作过程异常顺利。从构思到落笔，个个故事一气呵成，成稿后连改动都极少。有时候灵光一现，刚想到了一个开头，便迫不及待地打开电脑，手指敲着键盘，后面的情节已如潮水般破闸四散开来……似乎，它们已等了我太久！

别人家的童话都是"从此王子和公主幸福地生活在了一起"，抱歉，我家没有这一款。这本书里的每一个故事，都保准你猜不到结局！每个章节都在最后一刻才揭晓真相，奇幻的世界里散布着各种草蛇灰线的暗示。作为一个推理小说迷，我不自觉地把童话故事和悬疑故事糅杂在了一起，偷偷告诉你：这是一本悬疑风的童话小说……

至于我钟爱的女主们，她们不是等着王子来解救的"傻白甜"，

她们美艳而怪异，痴情且冷冽，也乖僻邪谬，也坦荡不羁，也身怀利器，她们内心都充满力量。她们个个都是我最心爱的宝贝。

如今我已经确定了未来十年的职业方向：从这本书开始，要给大孩子们写童话故事、写精怪小说！

从现在起，那个跟你聊爱情的苏芩姐姐要正式辞别了，从此后，我只是一个讲故事的人。如果你也喜欢那些闪耀着玫瑰色光芒的传奇，且听我——讲来。

就是想告诉和我一样爱做梦的你：成年人的世界并非只可以柴米油盐人情世故，只要你想，就可以在另一个玄妙莫测的维度中，永远鲜衣怒马、恰如少年！

如果你已长大，却仍有一肚子天马行空的梦想，那就到我的奇幻故事里，任意驰骋！

无论什么时候，都不要放弃你的想象力！

无论哪个年纪，都不要放弃做孩子的乐趣！

无论何种境遇，请一直朝着彩虹奔跑！

是的，有些书读完是会让你眼中生出光芒的。希望，会是这一本！

苏芩

2019 年 12 月 20 日

目 录

002　楔　子　新娘总在婚礼前夜失踪

007　引子1　储君身陷婚礼魔咒

015　引子2　少女木豆儿

024　引子3　弦月日的夜晚

031
第一夜
云旗公子的婚礼前夜

第一个故事：兰因公子和他的妹妹

"红果绿果，男女不可兼得。"

067
第二夜
香莉黛的婚礼前夜

第二个故事：数鸽子的罕木香

"你拦不住我的，我偏要做乌斯曼的新娘。"

095
第三夜
朝颜小姐的婚礼前夜

第三个故事：拉法哈莉的丝毯

"你放弃对她的爱，她顷刻就可解脱。"

145
第四夜
白山茶的婚礼前夜

第四个故事：第五个姑娘

第五个姑娘发誓，今生再也不回那个自私的父亲家里了！

161
第五夜
白玉芍的婚礼前夜

第五个故事：玉波凉

"你小小年纪就嫁过去做继母，怕是要被榨干的。"

179
第六夜
温缇雅的婚礼前夜

第六个故事：木匠和他的妻子

"金雀木百千年生长在东方，不移不变，不过人心就不一定了。"

211
第七夜
掩香夫人其人

终结篇故事：妙鬟夫人絮游丝

如今她成了王妃，华袍加身，却不似当年的戈壁大漠，纵情快意。

246 尾声：靡香国的秘密

楔子　新娘总在婚礼前夜失踪

引子1　储君身陷婚礼魔咒

引子2　少女木豆儿

引子3　弦月日的夜晚

楔子　新娘总在婚礼前夜失踪

没有婚礼的结合是不被祝福的。

靡香国历来是这样认为。

入夜时分，新郎骑着高头骏马来接他的新娘，后面跟着他的兄弟亲朋。路边早燃起了一堆堆的篝火，大家说着笑着一路热闹，唯独新郎虽脸上笑意盈盈，心却扑通扑通乱撞个不停，他忍不住琢磨着：我的新娘到底什么样貌啊？是长成了十五的满月样，还是暗夜的礁石貌？——而此时正端坐家中收拾停当等候着的新娘，也是一样地揪心不已。

新郎家里此刻是闲不住的，婆母一叠声地高喊着吩咐跑前跑后叽叽喳喳的小儿女们："拿块席子把水井盖住，拿三支箭插到门上，还有麻，也要三斤，塞到窗口。快去快去！"

小儿女们早已习以为常，反正家家户户的婚礼都是如此，虽说不上为什么要在婚礼上做这些事，但也已经懒得多问。这一晚，快乐最重要。

新娘在娘家，也早已梳妆打扮完毕，脸涂得如盛春时的花朵，以围裙蒙面，由年长的姨母或姑婆牵引着，渐次递到新郎手里。再由着新郎扶上骏马，带回家里。到了新郎家里，则又是另一番成婚仪式。

靡香国的臣民百姓，世世代代都是这般结合，直到十年以前。

是的，靡香国没有这样的婚礼已经十年了。

十年前的一晚，就在东边人家嫁女仪式的前一晚，新娘温缇娅凭空从家里消失了！

"前脚还听温缇娅妹妹出房门打洗脸水，后脚就听不见声响了！你现在去瞧，那洗脸盆还搁在架子上，里头的水还温乎乎的没动过……"温缇娅的嫂子急得火上房。

"家里门窗都没响动，一丁点儿都看不出有人出入过的样子啊！"

"难不成叫黑巫师掳去了做奴使？"

"可听说温缇娅姑娘有其他相好的情郎？哎呀呀，女孩大了，又眼看要嫁人了，同情郎私奔的故事也不是没可能……"

亲朋好友、街坊邻里任意添着嘴舌，温缇娅的父母忍着悲、掩着怒，先不去理会这些风言风语，寻人要紧！

要说在不足万人的靡香国找一个人不是难事，但任凭温缇娅的父母和哥舅加上相熟的邻里打着烛火寻遍了全城每一户，一无所获。

直到第二天日头高升的时候，温缇娅推开了家门。瞧她脸上怔怔的，略有苍白，但衣服、头发都一丝不乱，众人呼啦一下围上去，全被温缇娅扭摆着挣脱开了。

温缇娅一头扎进自己的房间，任凭谁敲门也不开。父母急得跳脚，母亲忍着泪急急地隔着窗户盘问，又不敢太大声，生怕万一有些不体面的遭遇被邻里听了去，那可就糟糕了！

然而温缇娅既不承认受了什么侮辱，也不肯讲明自己的遭遇，只是一个劲儿地要求退婚：今晚的婚礼，她绝不会蒙上围裙出嫁了！

父母急了、兄嫂慌了，七姑八婆的议论声很快就传到了新郎家里。新郎的亲戚一拨一拨地来打探消息，最后是新郎的父母亲自前来，可任谁来都敲不开温缇娅的房门，她在里面高声说："谁再逼我嫁人，我立马把那镶绿松石的佩刀扎进心口窝！"

两位母亲揉搓着衣服哭成一团，围着的人有急劝着的、有偷笑着的，但温缇娅谁的话也听不进去，从此打定主意不嫁人了。

没过一个月，城西的安玉和姑娘也要嫁人了，没防备地，也是在婚礼前一夜，遭遇了和温缇娅一样的事情。家里人也是满城里乱找了一夜，也是日头高升时才见安玉和回来。这回安玉和姑娘倒是没有躲着不见人，她一回家就跌坐到门槛上，把头发抓得糟乱，号哭着这辈子决不嫁人！

家里人慌了神，又摸不着头脑，最后安玉和姑娘的母亲急得和女儿一般跌在门槛上号啕不止！

安玉和最终也没做成新娘。

后来又是香莉黛，再后来是白山茶，再再后来是珍珠兰……自温缇娅起，此后几年里，每一个待嫁的新娘都会在婚礼前消失一夜，回来后绝口不提发生了什么事，只是坚决退婚。有些姑娘性子刚烈，甚至不惜为此不吃不喝地寻死。

靡香国上上下下慌了心神，臣民们关起门户都在悄声议论，没人知道到底发生了什么。国君命内侍官加派人手调查这件事，可回来的女孩们咬紧了牙关决不开口吐露一字。但凡盘问的大人们态度稍有些强硬，这些姑娘们要么甩脸就走，要么就寻死觅活。那些少女们犟硬起来比男人还要难缠，这让盘问的大人们左右为难。渐渐地，大人们各自推托称病，谁也不敢揽这烫手的山芋。

因此关于新娘失踪的事情，靡香国始终找不到丁点儿线索。

渐渐地，靡香国也就没人敢举办婚礼了。再有想结合的男女，就会悄悄套上车，去数百里外借亲友之家成仪。那些远处无亲无友的男女，索性带上干粮赶上两三夜的路，借上个远处的寒简客栈。即便如此，新人们也是战战兢兢，生怕仍有闪失。

靡香国人自此谈婚色变，惊惶不安。

引子1 储君身陷婚礼魔咒

温缇娅退婚的第十年,国君的儿子已然成人,正该婚娶。

这靡香国地广物饶,茂林密织,堪称西塞明珠。若是初春或者凛秋,当风起时,隐隐能闻到随着风漾起的阵阵软香,是一种不知名的花香气;要是赶上盛夏的雨或是隆冬的雪,随着雨雪的水汽渗进泥地里,更是浓香扑鼻,因此得名靡香国。

靡香自有国以来,一直国盛民安,上至国君、下至百姓,和睦者多。纵然有他国使者来访,也都钦羡不已。

如果没有这新娘失踪的谜案……"便是天堂也不去啊!"靡香国人都如此说。

如今轮到国君家办喜事,国君夫人的惊忧丝毫不逊于普通百姓家。

国君夫人夜夜愁得睡不安稳，为着儿子能顺利结亲，她想着也让儿子和新娘远行成仪，国君当即否决了："如果储君也要偷偷摸摸婚娶，我还有何颜面做这靡香一国之君！"

夫人无法，只有暗暗叹气垂泪。

国君为儿子定下的新娘是内大臣的小女儿樱雪草。

能嫁给靡香国的储君，自然就是未来之国母。然而琪花瑶草般的少女樱雪草却肝胆俱忧，连平日最爱的樱桃蜜酪也尝不出香甜了，她的惊恐盖过了欢喜。

靡香国人都知道温缇娅至今十年未嫁。

自从得知了婚讯，樱雪草一连七八日汤饭少进，略吃两口便觉得胸中憋闷。她日日呆坐在窗口，眼睛里也偶有欣喜，但随即就被愁虑盖过了。春日的樱花减淡了颜色，落在泥里如哭泣的少女。她时时叹气，连最亲近的侍女逗笑劝慰也难宽她心怀。樱雪草已经由父亲那里听说了国君的命令，知道自己必得在这靡香国的都城里嫁给储君，想到靡香国女孩出嫁前一晚不得不经历的厄运……她浑身颤抖起来。

"啊！父亲，我该怎么办？嫁给英俊的储君固然是每个女孩的梦想，可女儿生怕没有这福气做储君之妻啊！"

内大臣当然明白小女儿的言下之意，他也苦恼不已。

"我最心爱的樱雪草那么乖巧秀美，见过你的人都恨不能珠玉一样捧你在手，任谁都不舍得伤害你。女儿啊，不要把你那花朵一般的脸庞皱成一团，父亲明日再去与国君商议，力求婚礼万无一失。我的樱雪草不要忧心，最爱你的父亲，决不允许任何人伤到你，不论是歹人还是魔妖！"

父亲的话略略抚平了樱雪草蹙紧的眉眼，她只得强颜装出安心的样子。可父亲知道，在女儿转身出门的那一刻，眼角还是有泪盈盈。

第二天，内大臣长跪在国君面前，一脸的忧容也深深打动了国君。

国君喟然长叹一声："我何尝不知那些新娘的遭遇，然而储君的婚事，不只是你我两家的家事，更是一国上下的盛事。若也像那些小门小户的人家一般躲躲藏藏成仪，这样胆小怕事，将来储君继位为王，如何有威严治理靡香国上下？！"

内大臣不能反驳，他知道国君所言有理。

国君心中已经有了详细盘算："仔细想来，这也是一次极好的机会，趁着储君的婚礼，好好理一理这十年来的新娘失踪谜案。

你的女儿樱雪草颇有福相，想来即便遇到些凶险也能化吉，你且不要担心，从今日起，加派人手在你家宅院附近看护，全靡香国的将军护卫把樱雪草的房间四周围得小虫都飞不出，我看到底是什么样的贼人还能把新娘偷走！"

内大臣听闻此言，也只得拜谢国君，言称"心中甚感安慰"。

第二天起，国君便派了大将军带着一队兵马驻守到内大臣家。随着婚期的临近，国君更是源源不断地加派人手，还让卫兵们专门挑拣攘街闹市游走一圈才绕到内大臣家。一队接一队的卫兵穿街过巷，靡香国人议论纷纷，口中都说："这回怕是再诡诈的贼人也无计可施了！"

在内大臣府，大将军将卫兵们分成三组，一组驻守前门后门，一组把守各处能进人的院墙台阁，另有最精锐的一组卫兵死守住樱雪草的房间四周。那卫兵们排成了环状，一个挨一个如篱笆般紧扎在樱雪草房门外，把樱雪草的房间团团围住。卫兵们两班轮倒，昼夜不许合眼。婚礼前三天，国君又加拨了二十四位身体强健的女侍。女侍们挤到樱雪草房中，每刻寸步不离地看守，终于挨到了婚礼前一夜。

这一夜，内大臣阖家不眠，内大臣的妻子又带领了家中的女仆，同二十四位宫中女侍一起，把樱雪草围得如同禁域之花，约莫三十双眼睛死死盯住新娘。从月儿开始爬上梢头起,内大臣府就如同金刚罩笼一般,任是鸟儿雀儿,任何带翅膀的都且飞不入!

直到天幕的黑开始渐渐泛浅,约莫再两顿饭工夫天色就是鱼肚白了,内大臣家中上下紧绷的眼神开始渐渐松缓下来,樱雪草悬了几个月的心渐渐渗出了欢喜,是一点一点微微的欢喜,她还不敢欢喜得太过放胆,进而随着天色越来越亮,这欢喜才慢慢加深。樱雪草知道,只要等天亮一些,再亮一些,靡香国新娘失踪的魔咒就会在自己身上被打破,她不仅可以顺利成为储君之妻,更能够凭借幸运的福泽成为靡香国受人爱戴的未来国母。樱雪草已然开始幸福地勾画未来了,忽然,只听大门处有急急的脚步声闯进来:"大将军何在?国君命将军带领卫兵火速回宫!"

大将军和内大臣急急忙忙赶出去问明原由,不久便听宅院里乱作一团。二十四位女使依然针扎不动地护守住樱雪草,从她们释然的神色中外人也能看出内大臣府的危机已然解除了。

樱雪草扒在房门边听到外面乱纷纷地在议论:储君失踪了!

此时宫殿内国君夫人已经抽泣得没了力气,身为国母,她当然不能不顾形象地号啕一番,然而她仅有这样一个儿子,他又是靡香国未来的继承人,因之心里如油煎一般难熬,只得忍声哽咽。

储君贴身的女侍们已经被狠狠打骂了几番，现正另室关押。夫人最信任的年长女侍正挨个儿盘问她们。

"储君跟往常一样，翻了几页书喝了半碗琥珀光就睡下了，丝毫没见异常啊！"

"今天是我当值，确实是一直值守在储君门外，并没有见人出入，连储君也没有出来过！"

"我在门外并没有听见里面有任何声响，真的一丝声响都没有啊！更没听见储君呼叫，也没听见有旁人说话或是撕扯打斗声，一概都没有！"

…………

女侍们个个哭天抢地自证清白，宫殿的侍卫们也无一人见有储君夜出的踪影，大家都说不明白为何储君会凭空在寝宫消失。

国君颓然地靠在榻上，连头上的冠带歪了也无人敢上前提醒，他靠嗅着凉烟提神，仔细琢磨着侍女们的供词。

据第一个发现来报的侍女说，因入夜时突然起了大风，她怕储君房中窗户没关严，便进去检查，结果发现床上枕被空置，一摸床，被褥都是凉的，早不见了储君的身影，这才四处喊人找寻起来。

大将军带着大队卫兵已去城中挨户搜寻了，连密林深处也亮起火光。国王眉头拧得紧紧的，暗暗叫悔：不该把所有人手都放出去守卫樱雪草，却忘记了自己的儿子也是婚礼当事人。

近臣们不断地宽慰国君："如果真是有人想要破坏婚礼，储君大概也会像之前那些新娘一样，失踪一夜就会回来。国君不要太担心才好。"

国君未置可否，他心想：若是儿子回来后也像那些新娘一样抵死不肯成婚生子，那靡香国的王位岂不是要后继无人了？

国君的独子、靡香国的储君，失踪的这一夜，让举国上下的臣民都黯然失色，大家更认定了：连储君都难逃厄运，靡香国一定是被诅咒了！

和之前失踪一夜的新娘们一样，储君也在日头高升的时候回来了，也是一回来就把自己关进寝宫。面对父母亲急切询问的眼神，储君说："请让我单独待着吧。这一夜我已疲惫不堪，原谅我不能讲述更多。请代我向樱雪草致歉，婚礼不能如期举行了，我无法娶她为妻。"

夫人再问，储君已转身进屋并落紧了锁，哪怕国君在门外发了雷霆之怒，储君还是坚持："父亲今天就算以忤逆之罪杀了我，我也无法照原计划成婚了！"

国君气急，要宣卫兵把门劈开，生生被夫人拽了回去。

夫人和国君商量:"我们的儿子这一夜必定是受了莫大的惊吓才会这样忧惧万状。国君不妨和内大臣商议商议,婚礼先缓上一缓也好。等过些日子他心绪平复了再细细问明原由吧,急急忙忙逼他今夜成婚也未必好。"

国君再无他法,只得深叹一口长气,命内大臣火速来见。

引子2　少女木豆儿

　　储君一连七八日足不出户，连饭食也是女侍们端进去食用的。国君夫人日日陪他说话，总想着能套出点细枝末节的真相来，可只要一扯到这个话头，储君便别过头去，再不发一言，夫人每每无奈而返。后来还是夫人和国君亲自向储君承诺，再不会逼迫他成婚，储君才渐渐肯出房门。

　　但夫人总觉得自那一夜之后，儿子性情孤僻了好多，曾经那个爱郊游打猎，也爱偷偷跟母亲议论城里哪个女孩更美的少年郎，如今统统寻不着了。除了闭门读书，就是闭门发呆，几个月的工夫，靡香国的储君性情大变，国君和夫人忧容不展。而原本此时应该是储君夫人的樱雪草，则每夜对着月亮暗自抹泪。

　　纵然樱雪草小姐哀叹命运，这世上的情爱仍然如雨后的笋，一茬一茬地来。

　　樱雪草身边有个跟她从小一起长大的侍女，名叫木豆儿，正到了思恋的年纪，她的情郎是瓷器铺的学徒乌尔骁。原本内大臣夫人承诺，等樱雪草顺利嫁给储君之后，便也为她择婿成婚。

　　木豆儿几个月以前还充满期待地和乌尔骁约定婚期："啊！乌尔骁哥哥，想到能做你的新娘，我是真真地开心呀！樱雪草小姐答应我了，会去求夫人让咱们住在旁边的小院儿里，平常依旧帮府里做些轻快活儿就成！"

　　乌尔骁也憧憬满满："木豆儿妹妹啊，能娶到你才是我最心满意足的事哪！父亲去世前留下的钱我都攒着哪，等过几年学足了手艺，咱们也开间自己的铺子！"

　　两个年轻人对未来的憧憬随着储君新婚前夜的失踪而被打破。乌尔骁再来找木豆儿时，嘴角急得起了火泡："木豆儿妹妹啊！看这情形恐怕不好，连储君都能在守备森严的王宫里失踪，可见靡香国是真的被诅咒了！"

　　木豆儿也愁得耷下了漂亮的小脑袋："是啊，夫人早说好了，要等樱雪草小姐出嫁，我才能嫁给你。要是樱雪草小姐万一真的十年不嫁……唉！"

　　乌尔骁一听就泄了气，一屁股坐到了门槛上！

　　见他这样，木豆儿也只好强打起精神："乌尔骁哥哥你别急，咱们两个在一块儿，总能想出办法的。只要你发狠誓，这辈子只娶我木豆儿一人做新娘！"

乌尔骁急了，腾地就站起来："木豆儿妹妹，难道你还怀疑我的心吗？好好好，我就对着这正午的大日头发个狠誓，我乌尔骁要是对木豆儿妹妹有二心，就叫我出门被发疯的山羊顶死！"

木豆儿见他这样认真，倒是嘻嘻哈哈笑了。一对小男女款款诉了些衷肠，就分别回去想起办法来。

这一日，国君夫人正在房中看着侍女们刺绣，忽然有人来报："宫殿外头有个小姑娘求见夫人。"

"哦？是谁家的小姑娘？"

"说是内大臣家樱雪草小姐的侍女。"

国君夫人一沉吟，便命人带她进来了。

那小姑娘约莫十五岁的样子，身量轻巧，眉眼聪灵，肤色如被太阳洗刷过一般健康，她站在窗口处，眼睛里有光一闪一闪地跳跃。

小姑娘一进来先行了礼："尊贵的国君夫人，我是内大臣家的木豆儿，平常就服侍樱雪草小姐。"

木豆儿答话的时候脆生生的，国君夫人不由得就有几分喜欢。

"你的樱雪草小姐最近可好?"

"怎么说呢,也好也不好。"

"哦?好便是好,不好便是不好,也好也不好算是怎样?"

"好呢,是说樱雪草小姐也吃得也睡得,健康无恙,美貌无减,外人眼里这自然是好;不好呢,也就只有我这贴身陪伴她的丫头才知道了。樱雪草小姐时常在无人的时候偷偷皱着她漂亮的小眉毛发呆叹气,我把各种本事拿出来逗她也无用。尊贵的夫人啊,您说这到底算好还是不好?"

国君夫人一开始听时还为未来的儿媳樱雪草叹息沉心,听到后面却也忍不住被这木豆儿俏皮憨萌的语态逗乐了。

"哦?你倒说说看,平常都是怎么逗樱雪草小姐开心的?"国君夫人饶有趣味地问她。

"给小姐变戏法呗。夫人哪,别看我个子小小的,能变出的东西可多着呢,秋天的果子呀,街铺的脂粉呀,连学舌的鹦鹉也能哪。嘿嘿,这都是跟我外公学的,他年轻时曾是游历的艺人,他会的本事可多着呢!"木豆儿说起话来活像竹筒倒豆子,噼里啪啦,顿时令整个屋子活络起来,连宫殿里连日的阴翳都一扫而空,国君夫人也因此乐得多跟她聊上几句。

"那你外公如今在哪儿?"

"几年前他已经去了天国,和他爱的人在一起啦。如今天国里有外公外婆，还有我的父亲母亲，这样算起来，平日里他们可真比我过得还热闹啊！"原本该是伤感的话题，木豆儿却歪着小脑袋，一脸认真的不服气，国君夫人又忍不住笑了出来。

说说笑笑间，国君夫人一边命侍女拿些精致的茶果来给木豆儿吃喝，一边又问她："今天是内大臣打发你来的，还是樱雪草打发你来的？"

木豆儿咽下嘴里的樱桃酪："都不是。今天是我自己想来求见夫人。"

"你想见我？那一定得是有很要紧的事了？"

跟木豆儿说话不过片刻，国君夫人的脸上却已展露出许久未有的笑意。这令正在刺绣的侍女们深为讶异。她们不由得停下手中的活计，也抬起头来看着木豆儿说话。

"我是觉得，这靡香国十来年了，不是新娘失踪就是新郎失踪，这到底不是个办法，今天我是来打听打听，夫人和国君商量出什么办法来了没有。"

侍女们心下一紧：这丫头，真是哪壶不开提哪壶！

不过国君夫人脸上倒是没有愠色，她沉吟了半响才开口："国君慧智如炬，总会想出办法的。你小姑娘家的，也不必多操心了，陪伴好你家樱雪草小姐即好。"

侍女们收拾针线立起身,摆出了要送客的意思。木豆儿却一点要走的意思都没有:"国君一日少说有一百件事要处理,忙得脱不开身是自然。夫人也要管理宫城上下仆妇,自然也不得空。我思量了几个来回,倒想出了一个法子,夫人听听?"

这倒让国君夫人一愣。不过瞧这小丫头仰着小脑袋自信满满的样子,她倒生出了几分好奇:"瞧这丫头鬼精灵的模样哟,你倒是说来听听。"

"储君回来后再不想结婚,还有其他姑娘也是,这是心病,总得找到源头才行。夫人您可知道从前那些和储君遭遇相同的几个女孩如今都是怎样的情形?"

夫人沉声想了又想:"我虽不是个个清楚,倒是听过侍女们的闲谈。她们之中有的女孩子从此闭门做针线,如今已是靡香国有名的绣娘;也有的女孩子跟着父兄看铺子经营家业,也能自食其力;还有的姑娘埋头读书识字,论学问竟不在男子之下呢!这些女孩们,除了打定主意不嫁人之外,其他的倒也没见有什么厄运。"

木豆儿摊摊手:"这就是了。咱们并不知她们那一夜到底发生了些什么,所以怎么劝说都没用,爹爹骂呀、妈妈哭呀,怎么都动不得她们的心意。还是得先弄清楚她们经历了什么,才好对症下药呀。"

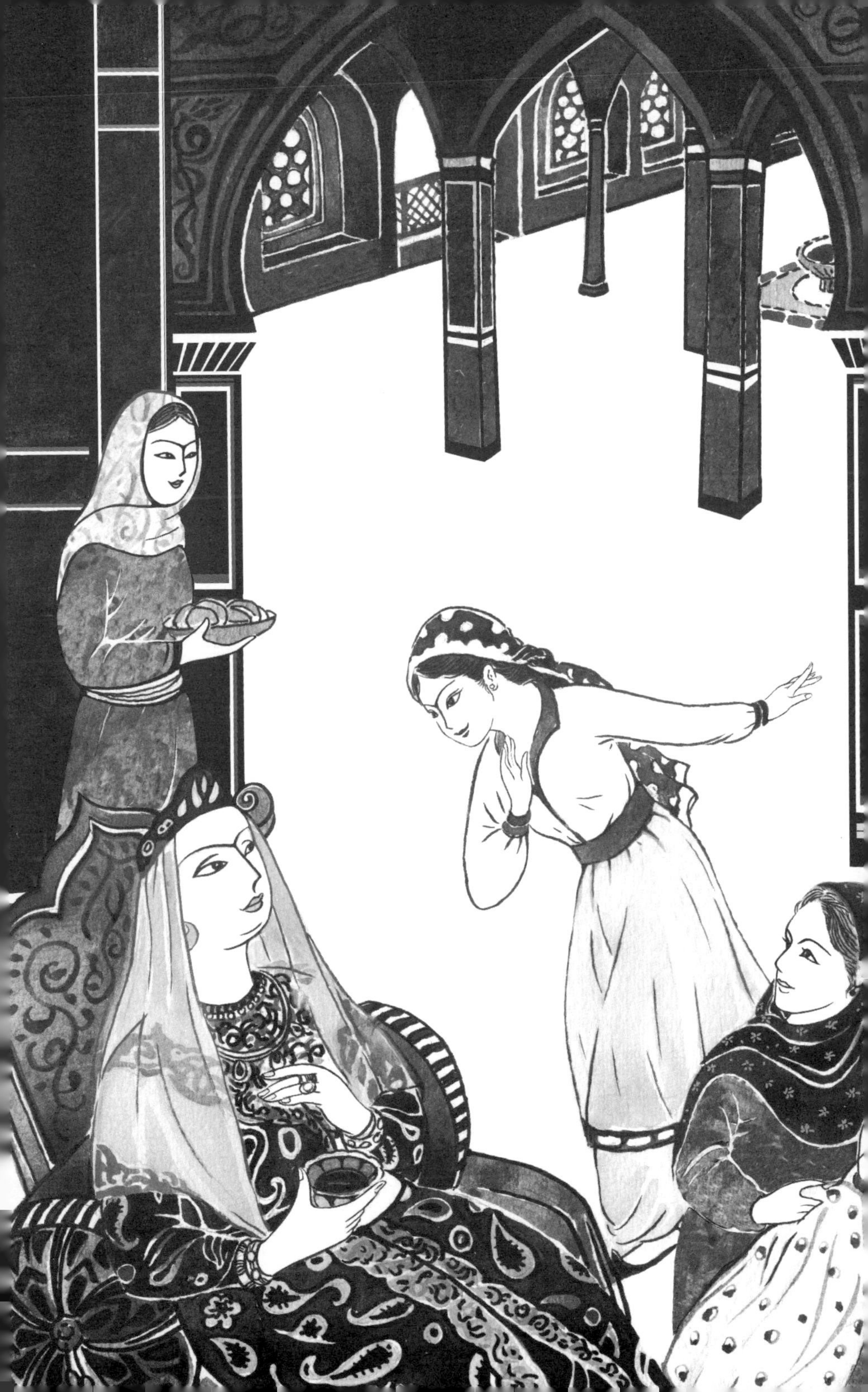

"唉,你这丫头想来也知道,这些孩子们回来后打死也不肯多说一个字。我和国君每天盘问一遍,他父亲甚至都发了怒,可偏偏储君就是和那些女孩一样,打定了主意要死守到底!这些孩子说起来也并无罪责,难不成还真要砍杀他们?!"

木豆儿灵巧的身子往前凑了凑:"这样空口干问,他们当然不肯说。要想知道个明白,得想巧法子呀!"

夫人望向木豆儿,等着她下面的话。

"我的哥哥木帖儿常年在异域做买卖,跟那里的人学得一种酿酒法,酿得好一手'般若汤'。那可不同于咱们寻常吃的果子酒和琥珀光,只需一两盏,整个人脑子便不听使唤了,旁人问什么便答什么。我嫂嫂那样嘴严的刁钻性子,吃了不下三两盏,硬是把哥哥不在家时,和邻家兄弟眉来眼去的旧年碎账说了个一干二净,气得我哥哥木帖儿呀,拎起洗衣的棒槌追着她满屋打!也罢也罢,不说这些散碎无用的。转眼就到弦月日了,夫人不妨把他们都聚到一起,我把哥哥酿的般若汤带来,这汤一下肚,再严实的嘴巴也有法子!"

夫人听了这话心下就有几分畅快——"是了,是了",却也忧虑:"只怕我们在场,这些孩子会警惕,不肯多喝,也不能畅谈啊!"

"那也容易,我有法子。夫人和国君只管设宴席备果点就好。"

木豆儿凑上前来,俯在国君夫人耳下嘀咕了几句,夫人顿时胸中大快,正要起身去安排,忽然又坐稳了:"咦?你这个小丫头,怎么忽而这么操心起这件事呢?"

木豆儿桃子似的脸蛋忽然略略一红,但神色语气依旧坦坦荡荡:"还不都是因为乌尔骁哥哥嘛,他说了要娶我,我也想要大大方方地做新娘呢。"

国君夫人不由得呵呵笑出了声:"原来是这样啊!你倒说说,乌尔骁是哪家的青年?"

"就是瓷器店家的学徒呢。"

夫人笑着点点头:"也罢。这事要真能顺利解决,我便送你一份丰厚的嫁妆,亲自与你办婚礼。"

木豆儿开心得脸如花开,连声道谢。

夫人又嘱咐了她几句,当即去与国君商议弦月日的宴会了。

引子3　弦月日的夜晚

每年春时，在桃花连成十里的那个月，上弦月刚刚弯成一缕女儿眉的那天，便是靡香国的"弦月日"，也是靡香国所有未婚男女的节日，在弦月日当天，男男女女艳妆出游，寻情尽欢。

入夜时分，单身的男孩女孩们还可以与密友们结伴相聚，一起畅饮欢谈，也可以在上弦月下祈愿终身大事。这习俗靡香国自始便有。

到了弦月日这天，所有曾和储君有过一样经历的女孩们都收到了国君夫人的请帖，她们在天色将将擦黑的时候来到宫殿，夫人看她们齐聚在宴会厅里，整整有十八位女孩子。其中最年长的安玉和、温缇娅，脸庞已如过午的太阳，不再耀眼，更多的女孩则还丰貌如夏花。她们个个神色坦然，虽未出嫁，却并不悲戚于色。

"姑娘们，今天弦月日，是你们年轻人的日子。城里家家户户的年轻孩子们都穿戴整齐去赏弦月、许婚愿了，只有你们，大概是经历过一些伤心事，想来今年又要把自己锁在房中，虚度了这弦月的美景。"

国君夫人言辞温软，女孩们听来颇有些动容。

"前些日子我的儿子也经历了和你们一样的磋磨，作为母亲，至此才能够体会到你们的痛楚。天下父母都是一样的爱子之心，想来你们的父母也是万般不忍心看着你们不再言欢、不再畅谈。今天把你们大家聚到宫殿里来，和储君一起度过这个弦月日，你们有相似的经历，但愿能欢饮畅谈、彼此宽慰。"

女孩们此时已然动容至极，真觉得夫人如母亲般体贴。

"我也心知，若有长辈在场，你们年轻人恐怕会拘束，而且这个日子本来也只是你们年轻人的聚会。这样吧，今天除你们十九人之外，一概不留旁人在场。这一夜，由着你们畅谈宴饮便是，也好说说笑笑开开心怀。"

夫人说罢就微笑着起身，叮嘱储君："云旗，今晚你是主人，要好好招待客人，让你这些姐姐们尽兴。我和你父亲已经吩咐了，不许任何人来打扰。"

夫人说罢起身出了宴会厅。但步态款款的她并未直接回到自己的寝宫，而是转身走向了宴会厅旁边的侧间，那里曾是女眷们在宴会中更衣理装的地方，夫人这些日子已紧急命工匠抓紧时间秘密在那墙上凿了一扇隐秘的窗，可以窥视宴会厅中的一切。此刻，自己的丈夫，已等在里面。

年少的储君显然一时间还不适应与十八位姑娘一席同宴，他略略发窘地看着母亲出了门，只得打起精神招呼大家吃吃喝喝。

这会儿每个姑娘都拿起手边雕刻着斑叶兰花纹的银壶，在同样花纹的银杯中斟满了般若汤。姑娘香莉黛性急，抢着端起杯就是一口，舌尖刚一打酒面便是"哟嗬"一声低呼，那汤初尝如蜜瓜一般滋味，旋即却比金贵的胡椒还要呛喉，下肚后又如一条火龙直入肺腑，姑娘们只尝一口，已经个个脸上如红云炸裂。

储君作为主人，虽略嫌母亲张罗这场宴会多事，但也不好不劝女孩们尽兴。她们饮下了般若汤，那酒似有一把勾魂的锁钩，只一口喝下，便能又勾着你再喝下一口，般若汤似有魔性一般，让人神思恍惚又不忍丢下。

他们谈着喝着，不过一顿饭工夫，连最不胜酒力的白山茶也已经饮干了两碗。储君和女孩们觉得面颊燥热、说起话来舌根也开始打转，等到入夜时分，大家攀谈起来已熟络热闹了。

大家吃吃喝喝开着玩笑，香莉黛和眉弯儿两个姑娘性子最像竹筒倒豆，爽快利落，尤其眉弯儿近年来帮着父亲站店理货，学会了一套插科打诨、说说闹闹的本事。眉弯儿尤其爱自嘲自讽，她身量消瘦如柴，那香莉黛说这般若汤下肚后自己浑似"要着火了"，眉弯儿就滚到她身边说："我偏不信，你点点我这把柴火试试，要是燃不了，再罚你两大罐！"

乐得众人哈哈大笑："我的天神啊，这哪是般若汤，简直是火油才对！"

姑娘们调笑逗乐，连储君也感染了她们的快乐，笑得唇不拢牙。**年轻人的聚会，总要有个抹得下脸皮的供大家说笑取乐，否则不能成席**。

大家正笑得畅快，席间突然有个姑娘嘤嘤哭泣起来："多么快乐的日子啊，要是一直这样多好！要是没有那样可怕的一晚多好！"

大家听她这样说，即刻牵动了心肠，年轻人的热情，燃起来像火，说要熄灭，也只瞬间。大家一个个埋下头，沉默不语。

那姑娘一边哭着一边说："这些年我每每想起便如刀剜肺腑，每每想若是没有那一晚该多好啊！我一定还是像林子里的小鹿一样快活!"

旁边较她年长的安玉和劝慰她:"如果伤心便不要再提及,我们如今个个过得舒心,偶尔聚起来也是说说笑笑,这又有什么不好呢?总强过像那些已婚的妇人过噩梦一样的日子啊。"

这姑娘眼泪涟涟地摇头:"可是我忘不了啊,那晚的月亮和今晚差不了多少,我即将成为新娘,心里猜想着新郎的模样,哥嫂们都说他相貌俊秀,可我还是不放心,坐在院子里许下心愿……心愿还未许完,猛一阵就被捂住了嘴,我分辨不清是被什么人扛起就走,叫嚷不出声响,在暗夜里也识不清方向。但朦胧中意识到是个恐怖的强盗,我被他一路背到了山洞,才发现有几个同伙已然等在了那里,他们一个个面目可憎,我被他们一番轻薄,受到了那些不堪的侮辱,现在想来,那一夜简直比没有月光的夜还要暗上十分啊……"

那姑娘说着就伏在桌上号啕起来,众人都呆愣住了,忽然香莉黛冒出一句:"咦,为什么那夜你会是这样的情形呢?"

这一句非同小可,如同被大雨冲毁了岸沿儿,其他姑娘也忍不住你一句我两句地紧声嘀咕起来。

"是啊,我遇到的情形可不是这样呢。"

"难道还有其他人假冒着掩香夫人的名义在作恶？"

"这位妹妹，若你是真的遇到了这样的歹人，该去报官才是，否则那歹人还不知又要祸害咱们多少无辜姐妹啊！"

"就是呀，你到底记没记清那歹人的样貌？"

"咱们靡香国竟然藏有这样的恶徒，想起来就怪怕人哩！"

"以后天色晚了真得把门户闩严实！"

"哎呀不好，我家小妹总爱门里门外地蹦跶玩耍，天黑也不肯归家，待我回去可要好好叮嘱她！"

…………

女孩子们显然是被吓坏了，此时连储君都连忙对那姑娘承诺："这位姐姐请放心，我明日一早便秉明父王，不计一切代价也要拿住那伙歹人，靡香国里绝不能容忍这样的强盗横行！"

此时那女孩抬起头来，一脸的难以置信："怎么？难道你们的遭遇和我不一样？！快呀，快让我知道你们遭遇了什么！难道只有我遇上的是真歹人，那你们遇到的又是什么呢？神灵啊，就算是死也让我死个清楚明白吧！"

姑娘们忽然都没了声响，你瞅瞅我，我瞅瞅她，最后大家又瞅瞅储君。储君一口饮干杯里的般若汤，只觉得头脑愈发昏沉，他渐渐觉得意识已经锁不牢嘴巴了一般。

储君喟叹一声："是啊，至少我的遭遇，不是这般情形……"

透过窄窗,暗室里的国君和夫人紧张到一刻也不敢呼吸,他们几乎把脸贴上了窗,生怕遗漏了儿子的哪一字哪一句,缠绕了靡香国十余年的秘密,正在慢慢揭开……

第一夜

云旗公子的婚礼前夜

第一个故事：兰因公子和他的妹妹

云旗公子的婚礼前夜

入夜乍起的凉风渐寒,储君云旗公子的心依然炎炎如盛夏。明晚的此时,便是他的大婚夜。新娘樱雪草的美貌,随着她一年年地长大,随着春天的花气、夏季的雨雾、秋与冬的风雪越来越多透露出了消息。听人说,连南来的雀儿飞到了内大臣府,都要在樱雪草的臂膀上停留许久,她温甜的笑和动人的貌,让人分不出哪一样更美好。近身的侍从们把一点一滴关于樱雪草的消息告诉给云旗公子时,他嘴角的笑意一次比一次深。这样的姑娘,任哪一个青春的少年不思恋呢?

然而和新娘樱雪草一样,云旗公子的心里也是七上八下惴惴难安。靡香国笼罩了十年的新娘失踪迷雾至今未散,他担心自己和樱雪草也不免会落入这样的命运。自从母亲告诉了他的婚讯并表达了对他们的祝福后,云旗公子每天入睡前都要辗转几炷香的时间。他有幸福的感觉，但更多的是重重压力，作为储君，他必得破除靡香国新娘失踪的魔咒，但如何破除，大概除了天神再无凡人能够知晓。

又是一个蹉跎难眠的夜，他叫侍女端来一碗琥珀光以助安眠。

"唉，唯愿明天一觉醒来可以一切难题尽消啊！"

每天睡前，云旗公子都如此祈祷，连他失踪的那晚也不例外。

在那个人生中最殊以为异的夜晚，云旗公子在琥珀光的牵引下渐渐与现实背道而往，他走向幻梦的那一端。幻梦中的天是亮色的，却分不清是夜还是晨，只是不觉暗淡，目光所及之处一片坦荡。他恍惚觉得那里应该是一片戈壁大漠，但眼前却又有娇嫩的绿草、玄紫色的花海。那花甚是奇异，并无一丝叶片，只是一枝枝约小指粗细的枝干从地里直刺出来！它们有半人高，花朵大如碗口，一朵紧挨着一朵！云旗公子平生从未见过这玄紫色的大花，只觉得肃默之际反生极致艳丽！他不由得躬身想去折一朵把玩，忽然花丛那端窜出一只毛色黑亮如漆的山羊，上来就是一阵猛拱，云旗公子惊叫一声，跌回到床上！

他抚抚急如沸鼓的心窝，刚想叫当值的侍女端碗甜茶来润喉，猛一抬眼，床前恍惚有一人站立。

"我借着窗外洒进的月光看,是一个女人,应该是个貌美的女人,哦,那是当然,应该说她比我的母后还要美上几分。但她的身上有一种气势,冷如秋天的满月,凛然而不可近前。我实在记不得宫中侍女有这一号人物,刚要开口问话,那女人却步态利落地朝我走过来。

"等到近前才发现,这女人的脸庞已无少女的稚嫩,神态却美且冷,浑如刚刚梦境中玄紫色的花朵一般,尤其她那条垂在身后的辫子,足有豆蔻少女的手臂般粗细,在这月光之下,莹莹泛着蓝紫色的光芒。她只跟我说:'来吧,即将成婚的年轻人,我有必要带你去经历些事情。'"

云旗公子回过神来解释:"你们要知道,这样一个简傲绝俗的女人,这样孤独标步的气势,简直比我的父君还要更有威严,她让人不由自主地服从她的一切命令,我就这样跟在她身后,似乎也只得这样做。"

在座的姑娘听得认真,但丝毫没有惊讶的表情,因为储君所说的一切,她们都共同经历过。

就是这样,云旗公子意识中连反抗的念头都没有,便起身跟在那女人身后,一步一步走出了门去。到底是如何在她的牵引下走出了宫殿并且丝毫没有惊动任何人，云旗公子至今也说不清楚。他只知道黑夜是暗的，但那女人走过的地方却是一条光亮的平坦之路，全无杂碍。

云旗公子一路跟着她走了很久，他和她在暗夜里走成了一束光。

一路上他身不由己，只朦胧觉得穿过了三条街的尽头，迎头闻到了五次浓浓的脂粉香，又路过了一片片火红的柿子林，走过了那片柿子林，就觉得脚踝有被刺痛的感受，嗯，是骆驼刺，一丛丛的。就这样又走了一盏茶的工夫，一直走到了山背后闻得到干裂的黄土味的地方，抬头，正看见那颗最亮的星星。

而在星星的下面，就有大片大片玄紫色的无叶花朵，朵朵冰艳！

云旗公子忽然醒过神来，惊呼道："嘿，还真有这个地方啊！"

那女人依旧疾步而行，连头都没有回。等终于穿越了这一片玄紫色的花海后，他们堪堪停在一棵巨大的五色林檎树边。

那女人绕着林檎树走了三圈后，突然便从树上落下一颗紫色的果子，她把果子投进树洞，树干就敞开了一道门，云旗公子跟着她进去，才发现那里面华丽如同宫殿，甚至比自己从出生起就住着的夏宫还要气派。有个半老的女仆端出了林檎果做的馅饼，酸甜可口，云旗公子小尝了一口后竟然忍不住连吃了两个，连他自己都心中惊叹"我还真是心大哪"。

这个女人虽然威严，却让人有一股不自觉的信任感。云旗公子没来由地就相信她不是恶人，她不会伤害自己。

随后她跟他说起话来，云旗公子问她是谁，为什么要住在这荒凉少人的僻壤？

她说让他叫自己"掩香夫人"，还说："这样的地方，让我觉得自在安心。"

云旗公子摇摇头，他想不明白这地方有什么好自在的。除了那一大片无叶的紫色花丛和这一棵入天的林檎树，这地方看着一点意思也没有。哪比得上城里热闹！

掩香夫人不理会这些，直接说："我知道你即将成婚，要送你一份成亲的礼物。"

云旗公子觉得惊讶，自己和这位夫人想来一点交情也没有，难道是父亲母亲的朋友？

他犹疑着问："是什么礼物？"

"当然，这份礼物并不可爱。但是每个人都有权利知道真相，

不是吗？即便前面等着你的是连番厄运、是命运中最暗无天日的惩罚，你也有权利知道，不是吗？"

云旗公子点点头，他实在想不出这话有什么不对。

此刻，在座听着云旗公子故事的姑娘们也纷纷点头。很显然，掩香夫人曾对她们说过同样的话。

"我要带你去经历一些你不曾经历过的人生，爱情或是婚姻，总之是你不曾经历过的，今晚之后，你可以决定要不要真正开启自己的下一道门。"那夫人如此说。

云旗公子耸耸肩膀："我想我也别无选择，不是吗？"

嘴上虽然这么说，其实他心里也抱着极大的好奇心。他跟着她来到了一条好长好长的走廊，目所及处，无有尽头，两边有无数的门，仔细看又不像是普通的门，既不是木头造的，也不是生铁铸的，像是一团团云气，氤氲成一道道浓浓的屏障。它们有不同的颜色，有晚霞色的，有春水色的，有茉莉色的，也有玫瑰色的……他只觉得左手边那一扇枫林色的特别吸引自己，盯着它看了好久。耳边听到一个声音，轻缓又冷冽："去吧，不要逃避。再出来时，你会变得不同。"

他慢慢踱到那枫林色的门前,只是一伸手,便觉得万丈红尘,纵身而入。

跌进那扇门后,云旗成了一座城池的主人。在那里,他的名字叫作兰因……

第一个故事：兰因公子和他的妹妹

有一座富裕的小城，城主和夫人百事顺心，唯独有一个心结：结婚已经十年，夫人始终没能生下一儿半女。

城主十分疼爱夫人，并不想休妻再娶，更未动过纳妾延嗣的念头，但夫人却因此更加焦虑难安，一方面丈夫迫切需要一个男性继承人，另一方面没有孩子的日子是多么地沉闷无聊！

"要是有个孩子多好啊，那样屋子里就会生机勃勃了！"夫人每天摆弄完她喜爱的香花美草，就坐在窗边看街上人来人往，尤其那些带着孩子的母亲更是令她羡慕不已。不论那些女人看起来贫穷或是苍老，抱着孩子的胳膊是多么疲劳沉甸，在城主夫人眼里，她们都像女王一般骄傲。

"唉，她们是母亲，这是多么令人骄傲的身份啊！"

近身的侍女们偶尔上前宽慰几句，却安慰不了夫人落寞无依的心，只得陪在一旁暗自垂泪。

一个初春的早上，夫人修剪完花草后安坐在窗前，梳头的侍女把她棕黑的秀发梳成了盘花的垂髻，别上了珍珠和黄玉镶嵌的发夹。夫人一边由着侍女们侍弄她的秀发，一边照常在窗边打望着街上来来往往的孩子。忽然看到对面有个怀抱着孩童的母亲，正焦虑不堪地拦着来来往往的行人，她急切地与众人诉说着，似乎在乞求什么，但过路的行人纷纷摆手，那母亲急得脸皱成一团，怀里孩童的哭声几乎传进了殿楼上夫人的耳中。

夫人觉得好奇，令侍女把那对母子带上来。

侍女应声匆忙下楼。

等到人带至面前，那女人近看更令人觉得寒碜，衣裳零星缀着补丁，面色也如枯木一般。但她的头发却梳得一丝不乱，站在夫人面前时，面容虽仍是悲戚，却极力克制住哭腔，应答不乱。她并不哀而失态，这倒让夫人对眼前的女人生出几分敬意。

夫人朝她怀里一望，那小男孩看起来不过两三岁的样子，脸色青寒，止不住地打摆子。这女人极力忍着满眼泪花："尊贵的夫人啊，我的孩子得了急寒之症！瞧他冷气上冲，直嚷心腹绞痛！这城中珠玉遍地、粮丰银足，定然有胡椒一味，求仁慈的夫人开恩，救我孩子一命！"

夫人心中恻隐，略一沉吟，即命掌事的侍女去管家那里。

侍女也是一愣，"哦哦，夫人稍候"，旋即而出。

约莫半顿饭工夫，侍女手里就捧来了一只小瓶，那母亲抱着孩子往侍女手中一看，是一只玻璃制的精致无匹的小瓶，上面扣着红珊瑚雕成的扣盖，顿时喜得泪都下来了。

侍女双手捧得小心翼翼，这胡椒是极为珍稀的香料和药材，非王公贵胄、豪门富户不可得，比之紫参、血燕更为价高。这一小瓶胡椒足可值黄金一锭，珍贵无比。

夫人又命侍女拿来热汤，和着胡椒一起喂孩子服下，母亲静静地抱着孩子窝在房间一角，等到午饭时分，孩子的身上慢慢泛起了汗气，寒气渐消，也不再嚷着腹痛难忍了。

那女人千恩万谢，感激夫人仁慈相救。

夫人又让侍女拿些银钱给她："雇辆车吧，路上风大，别难为了孩子。"

那女人接过钱后再次叩谢，嘴里止不住地赞颂："仁德的夫人啊，上天一定会保佑您和您的孩子万福安康！"

夫人听到这话深深叹了口气，两条眉黛几乎蹙成了一线，眼里泛着泪花。

那女人觉得纳闷，略一追问，夫人就道出了至今没有子嗣的遗憾。

孩子的母亲听完之后沉吟了,侍女打了个请她出门的手势,她却像没看见一样反倒朝着夫人走来。

那女人凑到夫人跟前低声说:"为了回报您救我孩子一命,我应该帮助您也得到一个孩子。其实我跟您一样,成婚多年才有了身孕。您看,就是他,我的小骏儿,前年春末才出生。"

夫人抬起眼看着她,满面皆是羡慕。

接着这女人拔下头发上仅有的一根簪子,那是再普通不过的一支乌黢黢的银簪,做成一点油的式样,簪头却是活的,她把簪子头拧下来,从里面倒出麦粒大小的一颗种子。那女人告诉夫人,把这粒种子种在水里,三天后会长出两颗果子,一颗是红色,一颗是绿色。如果夫人想要个儿子,就把红果子吃下去,如果想要女儿,就吃绿果子。

"但要记住,一定不能把两颗果子同时吃下去,不然将来必定会有灾难发生!"

说罢女人抱着孩子朝门外走去,嘴里还一路念叨着:"红果绿果,男女不可兼得。"

夫人手里捏着种子足足犹疑了两天两夜,她不知该不该信这样一个不知来历的陌生女人。但当她再次看到街上来来往往的行人,看到那些生动鲜活的孩子们时,夫人想:"一个没有孩子的女人,空有富贵和健康又有什么用处?!"

夫人暗暗笃定了决心,她找来了汤碗大小的一盏琉璃钵,恰是红果绿枝缠绕的式样,照着那女人的话在水里种下了种子,三天后果然长出了一根细藤,有零星几片叶子,形状如一个个的婴孩拳头,叶片的下面结下了两颗拇指肚大小的果子,一红一绿。

果子看起来鲜嫩欲滴,泛着引人垂涎的光彩。夫人记得红男绿女的说法,立刻摘了红的吃下,就在她将要起身的时候,突然脑子里冒出个念头:如果这一生注定只能有这一次怀孕的机会,那么多想一下子就拥有两个孩子啊!

夫人那么喜欢孩子,她迫切地想给丈夫一个男性继承人,同时她也无比渴望能有一个女儿,像自己一样美丽和顺……夫人仅仅是犹豫了片刻,便又伸手摘下了绿色的那颗,也吞进了肚里。

十个月后,夫人分娩了。产婆向城主道喜,是位健康清秀的小公子。城主刚要笑出声来,侍女又赶来急报,说夫人生下了一位红润可爱的小姐。

"到底是公子还是小女?"城主也急了。

最后还是夫人最贴身的女侍跑来解释清楚:"夫人先是生了一位小公子,随后又生了一位小女。是一对龙凤胎啊!"

城主垂目沉吟。

他曾经听夫人说过"红果绿果,男女不可兼得"的说法,但夫人却并不在意地宽慰他:"若我们细心抚养,孩子在这一城之内长大,又能有什么灾祸呢?更何况这腹中到底是不是一男一女还未可知……"

同一天内有了儿子还有了女儿,疲累至极的城主夫人几乎可以用欣喜若狂来形容了。然而城主内心却总有一片阴翳挥之不去。

城主姓修,他给儿子取名兰因,又给女儿取名空见。小公子和他的妹妹在父母的悉心庇佑下慢慢成长。

公子和他的妹妹相貌越大越相像,兰因公子的相貌在男孩子中算是清秀俊雅的,空见女公子则在女孩子中略显得英姿飒爽。他们都很漂亮,并且聪明,这令城主和夫人宽慰不已。

夫人一直教导兄妹俩要相亲相爱,假使有一天父亲母亲都不在了,他们便是这世上最亲密不可分的连接。

城主夫人此后多年还一直精心照料着那株结出过红果绿果的藤苗,虽然它只结了那一次果实,却带给了她后半生的幸福。夫人无数次告诉儿子和女儿，要竭尽一生精心照料藤苗，即便有一天他们离开了这尘世，他们的子辈、孙辈，也要尽全力养护。这藤苗是他们的源起。

兰因和空见的感情确实比一般的兄妹更要亲密，尤其妹妹，无时无刻不爱黏着哥哥。他们六岁的时候，城主专门找来了师父教习兰因公子骑射，又找来城里最好的绣娘教授空见针黹。空见女公子对针黹没有好感，一时半刻见不着哥哥，便丢下绣娘跑来找。她也和哥哥一样拿着弓箭对准雉鸡野兔，也练就了一身丝毫不逊于哥哥的身手。哥哥读书写字的时候，她也要跟着一起摇头晃脑地诵读，不论乳母怎么哄劝，妹妹就是要跟哥哥一样。

城主和夫人宠爱女儿，也就由她去了。

自从夫人生下了一双儿女，精血虚耗，缠绵病榻十余年后，终于在一个浓秋丽日之下随着枫叶飘逝了。临终前她一手拉着兰因，一手抚着空见，满目安详。

"相持相依，不离不弃。"这是她对儿女最后的遗言。

夫人安详离世，三年后，城主也追着夫人的脚步去了。这一对恩爱夫妻，果然是难分难舍。此时兰因和空见，才刚刚成年。

兰因公子顺理成章继承了城主的位子，而空见女公子也出落得婷婷飒爽，虽然顽皮爽直的性子未改，却也能经常私下里为哥哥出些主意。

经过了最初的张皇失措，兄妹俩渐渐在新的生活中安稳了下来。既然兰因公子成为了新的城主，那接下来他就需要一个继承人了。

兰因公子当然需要一位夫人，但显然妹妹空见对这事儿并不太支持。她并不喜欢有外人进入这个家里。

大总管和侍卫官推荐了很多姑娘，个个品貌堪为公子之配。大总管尤其推荐珠宝商的女儿，说那姑娘的美丽比她父亲的任何一件稀世珍宝都夺目璀璨。公子便遣官媒娘子去相看，回来后媒娘子激动得两颊如酒晕染红，兴奋不已："这一生见过的美娇娘无数，这样俏如仙子的还真是初次见闻！"

兰因公子因此心下信服，就定下了珠宝商的女儿做自己的妻子。

他派遣大总管带着聘礼去珠宝商家提亲，尤其是一套缀满了各色宝石的婚服，是母亲当年的嫁衣，公子的母亲生前许愿，希望未来的儿媳也能在成亲时穿上这套华服。

珠宝商和妻子受宠若惊，尤其是女儿听说了兰因公子相貌英俊、文武皆能后，更是芳心大动。婚期就定在下月初三，一切完美无缺。

婚礼的前一天夜里,珠宝商全家都睡熟了,女儿闺房的窗户却被悄无声息地打开了,一个黑影悄悄潜入房间,俏眉俊眼间露出一丝诡笑。没错,全城上下,能有这样矫健身手的,除了兰因公子,就只有他的妹妹空见了。

第二天一早,公子迎亲的队伍到了,新娘却迟迟不肯出房门。珠宝商全家急得团团转,他们的女儿不能穿着被剪成破衣烂衫的婚服出嫁啊。

"造孽啊!这到底是谁干的,这可是城主母亲穿过的嫁衣啊!"

"要是城主知道了,我们家会大祸临头啊!"

……………

珠宝商的女儿泣不成声地哭倒在床上,大总管带着人敲开了大门,珠宝商不敢隐瞒,只好如实相告。这令大总管犯难了,这件礼服是城主母亲的嫁衣,织针绣工都是绝品,它的价值和它的意义一样无可比拟!而昨夜嫁衣竟然莫名其妙被剪成了碎片,这让城主知道了怕是要大发雷霆!

迎亲的队伍像去时一样,空抬着轿撵回来了,城主不见新娘的人影,一肚子的纳闷:"人呢?"

大总管不敢隐瞒,如实禀报。

兰因公子当然怒不可遏，但内心悲更大于愤！母亲最钟爱的嫁衣无端被毁，这让公子羞愧又心疼。加之妹妹空见在旁边敲边鼓："可见这珠宝商的女儿不想嫁给哥哥，才故意毁了婚服。如今又要嫁祸给不知姓甚名谁的贼人，着实可恶！"

这门亲事当然作罢，兰因公子命人打了珠宝商三十大杖，权当责罚。

之后好长一段时间，公子的亲事无人再敢提及。

又过了一年，兰因公子的师父向他推荐了书记官的女儿。那姑娘博学多才秀外慧中，论风雅情趣为城中翘楚，是世上难得的高雅淑女，可以做公子的妻子。

兰因公子被说动了心，又派大总管去下聘礼。

空见女公子得到了消息，借着打猎的由头，去城外的河面上取来些无根浮萍，晒干后拿玉碾子研成了细末。婚礼的那个早上，悄声爬进书记官家的厨房，一股脑全撒进了新娘的汤碗里。

待新娘子一出大门，就觉腹下一阵胀气，紧接着就是一个响屁！新娘子的脸色比身上的嫁衣还红。

新娘自小娇养如珠，羞得进屋房门一关，死活不肯出来。

她父母一边敲门一边只听到里面时而"噗——噗——噗——"，时而又"噗噗噗"。那场面简直尴尬得要死。

一城之主当然不能娶这样的女子做夫人，兰因公子这门婚事自然又是告吹了。

那之后，公子不再议成婚之事。

转年的秋天，公子带手下去围场狩猎，妹妹空见生了痘疹不能见风，没有如往年一般随哥哥一同前往。哥哥临行前承诺会活捉一只小鹿回来给她当礼物，妹妹虽然不甘愿离开哥哥这许多天，但乳母不住地叮嘱她"痘疹见风一脸麻，漂漂亮亮的一张脸蛋儿可不要成了麻坑！"空见看着哥哥兰因光洁如玉的面颊，只得无奈地点了点头。

十天之后，兰因公子带着手下从围场回来了，一同回来的还有给妹妹的小鹿，以及他的新娘。

那姑娘容貌晶莹清丽、仪态娇羞含情，在围场中如小鹿一般怯怯的眼神让公子心生爱怜。细问之下，原来她是随行乐师的女儿，名唤竹秋瑟。

十天的相处，兰因公子对竹秋瑟深深着迷，决定娶她为夫人，回城就举行婚礼。

妹妹空见得到这个消息，如雷轰顶，却也已经无计可施。

婚礼之后，兰因公子与竹秋瑟如胶似漆，走到哪儿都要双宿

双飞，未免把妹妹落了单。

有时候公子出城巡视，旁边坐着新婚的妻子，而在公子婚前，通常是妹妹空见伴在身边。过年的时候公子不再陪着妹妹一起放炮仗，而是陪着妻子坐在暖阁里听歌娘唱曲，只因为柔弱的竹秋瑟害怕炮仗的噼啪声。此后的秋游或狩猎，妹妹也只能单独坐在后面的车上，前面一辆车上是如胶似漆的新婚城主夫妇。

那竹秋瑟竖琴抚得精妙，尤其在天清气朗的夜里，月亮升上了天空时，她坐在花园的凉亭里，抚着月琴，口里哼着音调，如偶然临凡的仙子一般，连过路的侍女们都浑然入迷。

竹秋瑟夫人在这宅院里是寂寞的，平常公子去处理公务了，她就坐在阁楼上抚着琴唱着歌，歌声琴音飘到前厅，让公子心魂牵引，急急地忙完了公务就要回来陪她。而从小好骑射的空见，却觉得这琴声歌声躁心难安，每每路过，必要掩耳疾走。这一切的一切，几乎要把妹妹气炸了！

嫁给公子仅一年余，竹秋瑟夫人就生下了继承人，一个比兰因公子更清秀可爱的男孩子。兰因公子喜不自胜，有了继承人，就意味着修氏的基业又是百年稳固了。男人的骄傲之情让公子更觉豪情万丈，对妻子的爱更添了几分。

空见女公子却更加失落了，她越来越难见到哥哥的面，哥哥有空闲的时候，总是在陪着妻子和儿子，要么玩耍，要么听曲，空见觉得哥哥变了，不再是曾经那个与自己相依相持的人了。

妹妹总是如此郁郁寡欢，身为嫂子，竹秋瑟劝说兰因公子："少女都会思春，谁人不渴望爱情？空见妹妹也需要一个心上人了。"

兰因公子当然赞同妻子的话，也决心为妹妹寻一位好夫婿，但一想到妹妹要嫁为人妇、远离自己了，不免心中又茫然若失。他对着远空，怅惘了许久。

春天的时候，公子和妻子开始为妹妹张罗婚事。兰因公子深知妹妹的脾性，在没有确切人选之前，吩咐周围人不许对空见女公子透露半点讯息。他对大臣们举荐的才俊青年必得亲自过目、一一筛选，比为自己挑选夫人时还要上心。

先是大总管推荐的总守卫的儿子，年轻英武，也是骑射的好手，公子心下觉得与妹妹趣味相投，便让总守卫的儿子来与妹妹见面相看。

妹妹此时方才听说了是竹秋瑟提议给自己说亲，便觉得是她嫌自己碍眼，因此深恨上她。

直到侍女来传话，说总守卫的儿子骑着高头骏马已经到了大门外。空见背上弓箭策马向前，对着迎面而来的青年的马嗖嗖就是两箭，正中两只前蹄，马嘶叫着跪倒，总守卫的儿子滚落马下！

空见女公子傲然一句："这般蠢货也配做我的丈夫？！"

总守卫的儿子羞愧不堪，慌然离去。

又过了数月，竹秋瑟对兰因公子讲，自家哥哥在附近的城邦游学时结识了临城城主的小公子，那青年是人中才俊，天文地理无所不知，这回必是妹妹的理想夫婿。

公子虽犹豫着，还是答应妻子让那青年来见妹妹一次。

恰逢初秋时节，云高风爽，公子故意约妹妹一起去林间登高郊游，空见喜不自胜，觉得与哥哥又回到了往日的亲密。中途的时候，公子假称要解手，故意带着人先走了。空见在半山处等待哥哥，左等右等不见人影，半晌看见一个青年朝着自己走来。

"喂，你有没有看到一个年轻公子，长得和我一模一样？"

青年笑着答："看是看到了，不过他说有急事先回家了。"

"哦？小子，你可不许乱扯谎骗人。等我回家见到哥哥问清楚了，要是你说的有假，我再见到你非把你耳朵揪掉不可！"

青年哈哈大笑："果真如你嫂子所言，是朵刺玫瑰！"

听闻这话，空见心里琢磨了一下，随即明白了又是那乐师的女儿使的诡计。她不动声色地问："这么说，刚才是我哥哥故意离开了？"

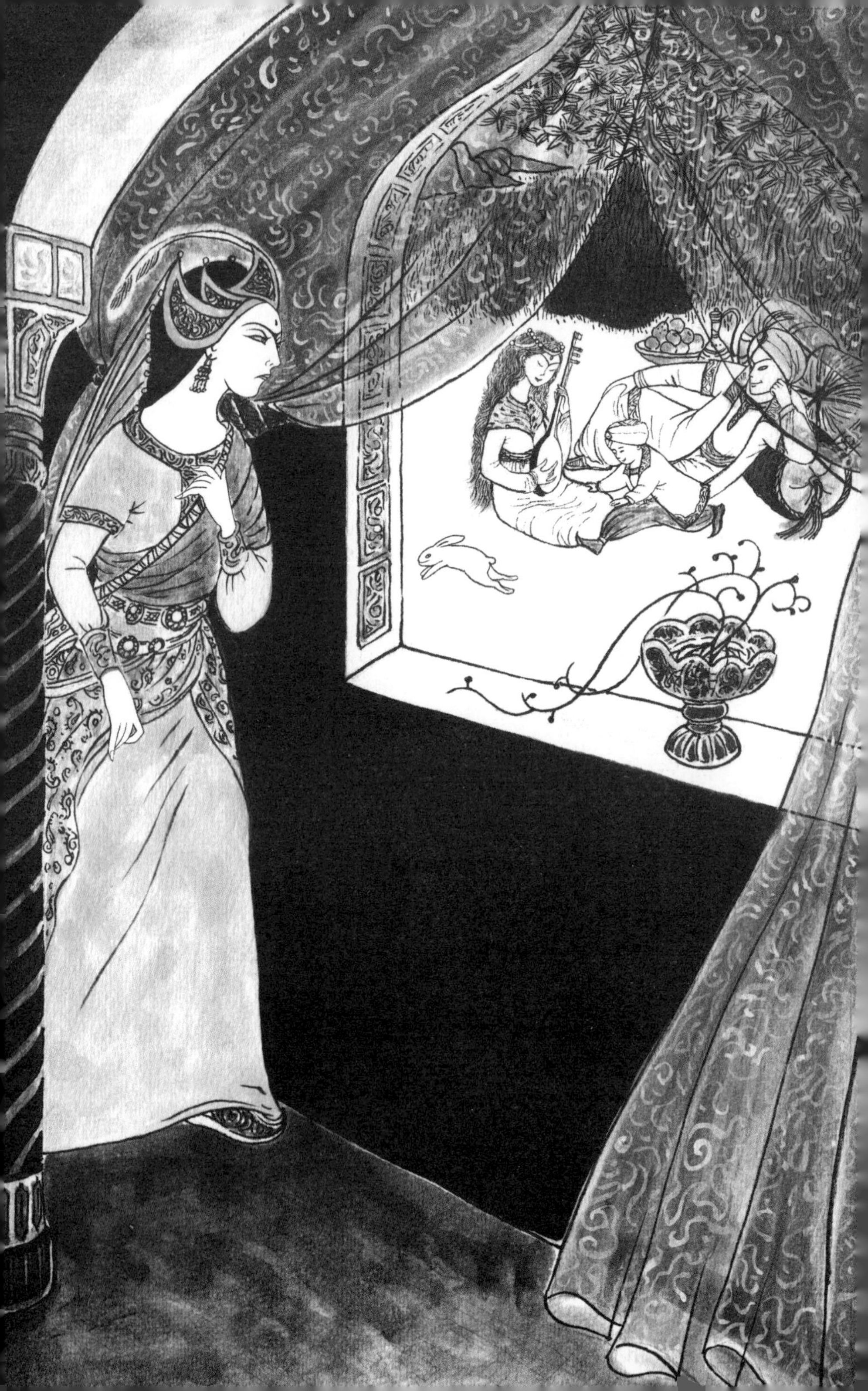

"他希望我们能单独谈谈。"

此时空见胸中已然怒火烧林,她强挤出笑容:"也好,谈谈就谈谈。"

随后空见说,现在正是一年中山林最美的时节,她跟哥哥从小在这山林里游玩,知道里面有个五色湖,湖水是五种颜色从不同的方向汇集至此,只在初秋时分才能看到,漂亮极了。

青年一听来了兴致,恳求空见带自己去看五色湖。

空见当然欣然应允。

于是他们偏离了原本的方向,朝着密林丛中走去。青年一边走着,一边找话题跟空见谈天说地,空见只是随口敷衍两句。她在观察周围林间的动静。

隐隐约约间她听到远处传来一种"嗡嗡嗡"的声音,仔细听那声音带动着草丛叶沙沙声响成一片,空见心下喜悦,指着前方往东跟青年说:"喏,五色湖就在那边了!"

然而哪有什么五色湖,嗡嗡的声音,是驯鹿遇见了秋狼,在给前方的鹿群报信。

此时正值秋季,狼群偶尔会跑到林子周围觅食,空见女公子是城里的第一骑射高手,闭着眼睛都能闻到猎物的气味。

只可怜了这青年,原本以为是一场浪漫的邂逅,特意穿上了最华丽的衣装，在与那匹黑狼四目相对时，一下子瘫软在地上。空见身轻如燕，纵身爬上一棵高大的云杉，看野狼把青年追得无处逃散，只得一路往树上攀爬。野狼咬住了他的裤脚一顿撕拽，青年直到爬上了最低处的树梢，才发现裤子已经被野狼扯掉了。如果此时有人经过，定会看到一个光屁股的青年坐在树杈上痛哭号啕，而另一边的树顶尖儿上，有个英俊的少女笑到眼泪都溢了出来！

此后再没人敢给空见说亲事。

那一年的清明，兰因和空见照旧去山上祭拜父母。依照他们往日的习惯，这一天，只有兄妹二人，不带任何随从，踏着清晨还未消散的薄雾，循径而上，一路攀至山巅僻静处，来到父母的归处，安坐、诉说，兄妹二人与过身的父母静静相处一天。

这一年也不例外。

兄妹二人侵晨①便起，兰因公子照旧空身出城，父亲生前教导过他："**所有的祭奠贵在真心真情，与奢华外物无关。偏是心意不足者，才爱奢华锦物堆砌，以示隆切之意，然而世间所有最珍**

---

① 侵晨，即黎明。

贵的，唯有不离之情而已。"

空见女公子比之于哥哥，身后却多了一个背篓，那里面是她和哥哥的源起之藤。

背着这琉璃钵上山并不轻松，苔痕浓淡，湿雾蒙眼，为了不让钵里的水溅出来，空见必须一直挺背而行。

兰因看着妹妹，薄薄叹了一口气，怅惘融进了雨丝雾气中。

"妹妹，情真便好，不拘于形式，你何必年年如此负重？"

"哥哥，我不觉得是负重。有它在，我反而更觉一身轻。"

"唉，妹妹，你终是执念太深。"

"哥哥，你错了。深执不悟的人是你。"

空见女公子停了几步，侧身说道："我身负这水钵上山，背上是它，满心便只有它。哥哥空身而行，却背着风、背着雨、背着浓愁淡恨、背着物欲欢爱……哥哥背着这整个世相，一路而上，可不是更重？"

"妹妹啊，我们活这一世，不该只是一色一味。当你愿意接纳更多，才会知晓这世间的快乐。"

"我却是个只懂得守朴之人。"

"也罢，我从来就没有拗得过你的时候。或许有一天你有了心爱的人，才能渐渐明白这种负重的快乐。"

"对我来说，四季的花木、昼夜的风雨、人间的情爱，这些都太多了，我只守住本心即可。如此，终究有个可以回得去的地方。"

空见说罢稳步快行。兰因公子只见到一剪秀影，渐渐潜进雾里，袅袅而去。

那天在父母墓前，兄妹俩照例与父母吐露着别情。他们深信，挚爱之人性灵相通，即便处在不同之界，依然可以心魂感知。他们每次都会跟父母诉说很多，空见这两年话越来越少，倒是兰因公子总是展颜叙谈。温柔的妻子、可爱的儿子，每每他一开口，就停不下来。兰因公子多么渴望能和生命中最亲的人一起分享自己的喜悦，但是他也知道，妹妹并不喜欢他的妻儿，生活中有很多幸福无处诉说，难免让兰因公子略感遗憾。他总忍不住想：若是父母在世多好啊，那样我的幸福就会一再被祝福。

空见却只是抱着水钵坐在父母墓前，水中枝蔓纤秀，叶片拳拳，泛着殷红橄绿，雾气一层层积得久了，在叶片上聚成了一粒水珠，当水珠终于滴落在枝叶之下的净水中时，兰因说："时间差不多了，该走了。"

空见依然默默地坐着，并未答话。

又过了若干时辰，山间、雾中，只剩了空见一人。她依旧坐着，无悲、无喜。

转眼间兰因公子的儿子已经三岁了，相貌越发像他母亲竹秋瑟，但也越来越顽皮爱动。他经常满府上下跑个不停，乳母和丫鬟没人追得上他。

一个午后，公子的继承人又在府上跑来跳去，竹秋瑟紧紧追在后面："小罗，小罗，乖，不要跑了，母亲会找不到你的。小罗，小罗，快到母亲这儿来，母亲给你讲树仙的故事好不好？"

小罗不听呼唤，径直跑闹，他跌跌撞撞地东寻西找。乳母昨日刚与他玩了藏猫儿的游戏，他只想找个地方躲起来，与母亲来个游戏。小罗咯咯笑着，他在与母亲玩耍，他稚嫩而快乐，还不懂得母亲的焦急，一路跌撞跑跳。

直到撞开了一扇门，那是他不曾来过的房间。

这里是兰因公子的母亲生前的居所，如果朝窗边望去，依旧可以看到如往日般熙熙攘攘的行人。陈设一切如旧，好像主人一直生活在这里一样，不曾离去。

真正吸引小罗的，是窗台上的一盆水植，它被盛在五色琉璃钵里，不过尺余高，它的主干有小指粗细，慢慢向上延伸出两枝并肩齐高的嫩芽，那拳头一般形状的芽片上闪着荧荧的光，像是和小罗一般的孩童在支棱着拳头。小罗一步步上前伸出手去，他想抓住那枝干看个究竟，难道那枝干里藏着个小娃娃不成？

小罗小小的身子够不到枝干，他只能用手推搡琉璃钵，眼看就要捧在手里了……推来搡去间忽然听到身后一声惊慌的轻呼："小罗，不许乱动东西！"

这一声着实把小罗吓到了，嫩嫩小小的臂膀本就担不起那水钵的重量，手一慌，琉璃钵应声碎落。里面并没有泥土，只是一汪清水养着花枝，年代长久，这花枝已在水里生出了细细白白的根须，蜿蜒如蛇。说来也奇，那花枝刚一离开水，便迅速开始变化，首先是白色的根一寸一寸变黑，然后是花枝变成了青紫色，最后叶子也枯焦了。

小罗仍是懵懂，沮丧地看着这一地残渍，他稚嫩的眼神里有一种无趣的失落，心想这东西实在没什么好玩。小罗滚到母亲的怀里撒娇，此刻他恳求着母亲带他到花园里去找鹦鹉玩。

竹秋瑟却有些手足无措了，自从她嫁给公子，从没有进入过这个房间，她只知道空见妹妹不允许外人踏足这里。她满心想的是："哎呀不好，这琉璃钵看起来甚是名贵，小罗淘气打碎了，空见妹妹一定又要发脾气。"

她心里琢磨着该怎么跟公子说这件事，又该不该亲自跟空见妹妹道歉，她知道空见一直不喜欢她跟小罗，会不会她的道歉反倒让空见更气恼?

那会儿竹秋瑟夫人思绪万千，又想着要不要赶紧让侍女找一个一模一样的琉璃钵来，若是能找到一样的，或是能找到比这更精致的，或许空见的怒气会小一些。总之她知道，这一次，空见一定不会轻易原谅她和小罗的。

正待竹秋瑟要回头呼唤侍女时，房门口赫然立着一个冷冷的身影，空见手捂着心口一言不发，面色阴郁得能杀死人！

此刻正在处理公务的兰因公子，也忽地一阵心痛，他好像听到了心窝处一包水涨破的声音！

那一天空见与兰因争执了许久，她要求哥哥立即处死竹秋瑟和她的儿子。

"你疯了吗？！那是我的妻儿，是你的嫂子和侄儿，是这里的城主夫人和未来继承人！为一盆花草处死他们，这不荒唐可笑吗？！"

"那不是简单的花草，是我们生身由来之地，是我们的命之归处！母亲生前如此爱护它，叮嘱我们要像爱护生命一样看顾它，难道哥哥全忘了吗？"

"它固然重要，可跟我的妻子儿子比起来，我相信母亲更愿意保护自己的孙儿和儿媳。母亲那么喜欢孩子，她一定不会允许我杀死自己的骨肉！"

"哥哥，你变了，你变得越来越陌生了！我们还是相亲相爱的并枝骨肉吗？我们还是生死一体的孪生兄妹吗？你还记得母亲最后的遗言吗？相依相持，不离不弃！如今你却为了妻儿要斩断我们之间的根连！"

"不是斩断！妹妹，我们兄妹牢不可分，但我们的生命并不单单属于自己或是彼此！我们还属于家人、妻儿，属于修氏全族！"

"哥哥，你醒醒吧！你生来就不是属于妻子儿子的，我也不是属于其他任何人的！我们藤生叶长，本不该留恋这凡间许多情欲，你只有我，我也只有你，我们的命运丝丝相扣，我们只有彼此！缺了谁都无法独活！"

"妹妹，我们是相亲相爱的并蒂兄妹，可现在我们长大了，人长大后总会有些不一样的变化，我们都会有更亲爱的人相伴，爱人、孩子，那才是我们未来生命里更重要的一切！"

哥哥的话让妹妹彻底冷静下来。

"更重要的，是他们？"她点点头，"我明白了，其实，一直是他们！"

晚饭的时候，兰因公子无心饮食，他不见任何人，包括妻儿，包括妹妹。

空见吩咐自己和哥哥的乳母为兰因公子送去茶点。在乳母的劝说下,兰因公子勉强喝了几口热汤,他问乳母:"我难道错了吗?"

"您没有错,错的是世间不该有情爱二字。无情无爱,也就无烦无恼。"

"可是,那不也就没了喜悦吗?"

乳母叹了口气,她已经预感到一切都无法挽回了。

兰因沉沉睡去了。今晚的天空,淡月孤星,空见独自沉吟。

在全城尽皆睡去的时候,空见潜进哥哥的房间,她站在窗前,看着如流水的月光覆在哥哥脸上。空见知道,自己有一张和哥哥兰因一样白皙清俊的脸。

佩刀削去了及腰的长发,只留到齐肩,制服一件件穿上,头上簪起哥哥日日所佩的冠带。临出门前空见把哥哥的卧房上了锁,她的哥哥沉沉睡在里面。

空见走出房门,没有人会认为她不是城主本人。她身姿英挺,眉角眼梢和兰因一模一样,所到之处侍女随从无不俯身下拜,她压低嗓音唤来大总管,要求大法官和行刑手火速来见。一顿饭的工夫,满城上下已处处风声:修氏城主要斩杀自己的妻儿!

兰因公子从长长的梦里醒来,他觉得这一觉睡得真是漫长,梦里好多可怕的事情,似乎经历了一生那么久。他梦见竹秋瑟和小罗拎着脑袋来跟自己哭诉,骂他狠毒到要斩杀妻儿!

公子觉得那梦境太真实了,以至于醒来之后耳边还有凄凄哀哀的哭泣声。侧耳细听才觉得这不是梦,那哭声明明白白来自窗外。

兰因公子推开窗户,小罗的乳母一身缟素,哭声凄惨。公子看着心下不快,就站在窗户边呵斥:"这个时候你不带小罗去花园里玩,穿成这样在这里哭什么?!"

乳母一见公子,整个人呆若木鸡,周围看见的侍女也纷纷凑上前来,活像见了鬼一样。她们惊呼:"您是,城主?!那此刻前厅那个是谁?"

原来梦境不虚,全是真实!妹妹假冒哥哥的身份,砍下了嫂子和亲生侄儿的头颅!

兰因公子轰然倒地。

正午时分,全城上下肃穆,城里出了这样的事情,没人再有心思嬉笑玩乐。丧钟已敲了三遍,兰因和空见在母亲的房间里,相对而视。

他们的眼神没人读得懂,他们自始至终没有一句对白。可是兰因和空见,彼此已经谈妥。

空见一身男装,如同另一个兰因。

兰因安然如尘,他知道结局到了。

空见身上照旧背着弓箭,箭囊里只两支。箭和人一般,英姿傲然。

空见伸手拉弓,一支箭正中兰因喉管。

兰因应声倒下。空见反倒坦然一笑:"如果活下去,我知道你还会再爱上其他人。哥哥,或许另一世更适合我们,无情无欲的地方,还是相依相持的并蒂连枝。"

随即拔出另一支箭,稳稳插进了自己的喉咙。

第二夜

香莉黛的婚礼前夜

第二个故事：数鸽子的罕木香

香莉黛的婚礼前夜

云旗公子讲完故事,忍不住端起银杯,狠狠饮了一口般若汤,在座的姑娘们都能清楚地看到他端杯的手颤抖不已。

"当我从那枫林色的门中走出来后,只觉像是做了一场漫长而冰冷的梦。不,它比梦更真实,它是我所经历的实实在在的人生!或许就如掩香夫人所言,这世上的情爱和婚姻,背后都藏着匕首!如果有一天我臣服于情爱、选择了婚姻,会不会引来同样的祸患?纵然理智告诉我不要胆怯、不要相信,也许那只是一种障眼法,可一想到成亲之后就要把自己全部的幸福捆绑到另一个人身上,我就胆怯不已。"

此时,姑娘们皆沉吟不语。她们只是唏嘘,却并不觉得惊异。云旗公子知道,婚礼前一夜,她们个个所经历的一切,绝不会比自己的少了曲折。

这弦月日的夜里，除了国君和夫人被儿子吐露的真相震撼到无以言表之外，其他人皆静静地陷入了往日的沉思。

宴会厅里安静得像能听见月光流逝的声响，好半天才突然响起一个犹犹豫豫的声音。

"好吧，那我也来说说我的吧。"

大家猛一醒神，瞪大眼睛望过去，声音的主人是香莉黛。

这香莉黛在十多年以前是靡香国中有名的美人，如今虽已韶光黯淡，却也是眉目如墨、唇瓣自带胭脂。香莉黛与舅舅家的表哥自幼玩闹着长大，感情好得胜过亲胞兄妹。她从小便嚷嚷着要嫁给表哥做新娘，纵然舅母并不喜欢她大咧直刺的性子，一直张罗着给儿子寻觅更好的亲事。香莉黛跟表哥说："哦，好哥哥，我是打定了主意要嫁给你的。"

从此以后，每日侵晨早起，香莉黛穿上鲜亮的衣裳收拾妥当后便来到舅舅家里，也不等舅母开腔发话，就里里外外忙前忙后，到了饭时就做饭，做好饭食就随着舅舅一家吃饭，不用人让，她自己就张罗得如同这家新妇一样。舅母洗衣裳她抢着洗，舅母扫院子她抢着扫，她也不刻意去言语讨好，照样大说大笑不避人言。舅母的冷眼与冷语全对她没有用。有客人上门问起："这漂漂亮亮的小姑娘是谁？"

香莉黛便抢着答:"我是香莉黛,将来是要嫁给表哥的。"

客人们恍然大悟:"哦哦哦,瞧这俩孩子站在一起整整齐齐多么好看,当真是该凑成一对儿呢!"

舅母使过气、发过狠,可终究拿她无法,这个儿媳也只得认下了。

十六岁一到,香莉黛便要嫁给表哥做新娘。香莉黛和表哥,自此心满意足。

"直到婚礼前一夜啊,掩香夫人带我来到了那扇门前。那扇门上垂着大朵大朵的白花,像一个个倒扣的玉铃铛。当时只觉得那花真美,却叫不上名目,前年才听说它叫醉心花……"

第二个故事：数鸽子的罕木香

"……十九、二十、二十一!"

黄昏日暮,罕木香一直等在屋顶的鸽笼旁,直到最后一只落在了屋顶的青瓦上。她翘着白生生的脚丫坐在屋顶中央,手里扬着牛皮捻成的细鞭子。

罕木香经常在日落的时候跟鸽子们说话。

"来吧大块头,说说看今天你都看到了什么?"

"还有你小卷毛,已经四五天迷路了,要还是天天找不到路,我这小鞭子可结实得很!看我不狠狠抽断你的小腿!"

说着她真的把那牛皮细鞭往一个浑身漆黑、脊背羽毛卷曲的鸽子腿上狠抽过去,那卷毛鸽子惊得一扑棱翅膀,竟哀号着发出人声:"罕木香啊罕木香,你这个女魔鬼!你的鞭子不分青红皂白,打得我腿弯生疼!我今天明明望到了他的家人……"

罕木香双眉一挑,鞭子又举起来了:"快说!"

卷毛鸽子吓得又是一缩:"他的母亲和他的妹妹去河边打水时,我正站在她们头顶的树上歇脚……啊,不是不是,是在探路,是探路,你也知道今天天色阴阴的,不是很容易看清楚路的方向,我看到几个异乡模样的人也在到处打听方向。啊,别打别打!好好好,我不啰唆,我言归正传,好罕木香,亲罕木香,暂且放下你的鞭子吧!我这就把看到的全都说给你听。当时我就在树枝上探路,听见他的母亲和妹妹聊天,说要给他准备婚事了……"

罕木香一惊,手里鞭子都捏得咯吱咯吱响。其他鸽子也吓得瑟瑟发抖,七嘴八舌地说:"青年乌斯曼确实就要娶妻,他的兄弟已经进城买好了醇香的美酒。可是,没有人知道他的新娘到底是谁!"

罕木香勃然大怒,鞭子顺着青瓦一扫,鸽子们惊得扑棱棱乍然腾起!

"去!给我打探清楚!打听不出新娘是谁,我就把你们全都拔了毛丢进火堆里烤!"

客商法图亚走到村口的时候,天色已经黑透了。他准备找个

干净的空地先睡上一觉，赶了一天的路，腿筋儿酸得开始打转了。

法图亚刚刚躺下，就听见不远处有"咿呀咿呀"如诉如泣的声音，似乎有人在说话。他坐起来，朝四周望了望，并不见人影，但那声音却又清晰如在耳边。他凝了凝神，终于发现那断断续续的声音来自树枝茂密处，法图亚捡起一块小石子往那厚甸甸的枝叶间扔过去，扑拉拉惊起几只鸽子。借着月光，能看到它们有白的、棕的、黑的，其中还有一只脊背上的羽毛微卷。

法图亚呵呵一笑，正准备再躺下接着睡，忽然听到它们开口说话了："该死的唐突鬼！魂儿都要被你吓掉了！"

法图亚才是真正吓了一跳，鸽子竟会说人的语言！

"我的天！你们来自天堂还是地狱？"

"天堂？呸，我们都是被地狱里的妖妇害得这般，沦落到做鸽子！还已经两天两夜粒米未进了！这是造了什么孽啊，遇上那该死的妖妇！"鸽子们骂骂咧咧着就要飞走。

法图亚脑袋一转，觉得这其中一定有故事，急急挽留它们："哎呀，小神仙们既然还饿着肚子，我这儿倒有些麦饼瓜果，不如一起吃点吧？"

鸽子们听到麦饼和瓜果就迟疑了，它们互相看了看，听到自己的肚子叫得咕咕有声，也就顾不得陌路相见的提防了，扑簌扑簌飞上了法图亚头顶的树枝，冷眼观望着，也不再提要走的事了。

法图亚从包袱里掏出干粮,鸽子一振翅,落到了他身周。

吃饱喝足后,鸽子们开始吟唱起自己的悲苦命运。

"这世上美丽又歹毒的女人啊,无人能及罕木香。她喜怒无常鞭子不离手,她会妖术能把人变禽,世上最毒的蛇蝎也比她善良!罕木香啊罕木香,她有多美丽就有多歹毒!为了打探她的情郎,每天把我们像奴仆一样使唤!可是她的情郎啊,就要迎娶新娘。找不到那新娘的踪影,就要把我们饿死在这荒原野岭。罕木香啊罕木香,她有多美丽就有多歹毒!"

鸽子们咿咿呀呀地控诉了整整一夜,但天刚一擦亮还是得按照罕木香妖妇的指令,继续打探乌斯曼的新娘。客商法图亚十分好奇,想去会会罕木香,鸽子们死劝不住,只好跟他说:"一定不要吃她给的菰粱,不论做成什么都不要吃,只要是菰粱!一定一定!"

与鸽子们告别后,法图亚朝着村子里面走去。他一路走一路打听,逢人就问:"这村子里有个最美的姑娘罕木香,她住在哪里?"

在村人的指引下，他来到了一户窄小的庭院门前，看样子这户人家只能算是村子里再普通不过的一户。他绕着庭院走了一走，就在旁边的一棵大树前坐了下来，对着院子唱起了歌谣："那未曾谋面的姑娘啊，只听说你的名字叫罕木香。我从千里之外听闻了你的美貌，天下无双，我来到了你的门前，只为一睹芳容，死也无憾。"

这歌连唱了几遍之后，从院门里走出一位五短身材的姑娘，面容并无惊艳，她说："嗨，那个唱歌的年轻人，进来吧，罕木香要见你。"

"你不是罕木香？"

"我怎么会是罕木香？我是来借绣线的邻居。"

姑娘说着就朝小道的另一端走去了。

法图亚只是犹豫片刻，就推门进了院子。葡萄架前的石凳子上有个穿红衣的女郎，背对他坐在那里，乌油油的头发结成了一条蓬松的大辫子，垂到腰身以下。还未等法图亚开口致意，她迅而一转身，那艳容来得猝不及防，倒让法图亚一呆愣，瞬间他也就明白了鸽子们唱的那句"罕木香啊罕木香，她有多美丽就有多歹毒"。

"你不是这里的人,你来自哪里?"罕木香眼神冷冷地问。

"我从西边来,离这里很远的城市。"

"来这里做什么?"

"我要去东方采买货物,茶叶、丝绸、玉石等,途经于此,听闻了小姐的美貌,想一睹芳容。"

"哦,那你现在看到了你想看的,可以走了。"

"见过了小姐的芳容,便觉得这腿脚都不听使唤了。恳请小姐让我多留片刻,多几个时辰便好,我就在这院子里,不打扰府上的任何生息,只求在这有绝伦女郎的院子里多停一会儿。"

罕木香冰雪一样润白的脸上,自始至终没有任何表情。听法图亚这样说,她也并不反驳:"好吧,就满足你的心愿吧。看天色阴了,怕是要下雨,异乡人,且留你过一夜,明天吃了早饭再上路吧。"

法图亚千恩万谢。罕木香并未多看他一眼,转身朝自己的房中走去,美貌绝伦的脸上露出了一丝诡笑。

直到月儿高升,法图亚依然未曾睡去,他听到了院子里的响动。逐着声音溜出房门,响声来自屋顶。法图亚躲在葡萄架的阴影处,趁着月光,看见罕木香手拿着细皮鞭,鸽子们一排倒挂在晾衣绳上,哀号声不止。

"罕木香女王!罕木香大人!求你了,放我们下来吧!"

"我们真的很用心地打探了，可是没人知道乌斯曼的新娘是谁……"

"是啊，我们一路跟踪着他的母亲和妹妹，又藏在他兄弟的床边偷听，可所有人都说不知道他的新娘是谁！"

……………

罕木香并不相信，只是拿着皮鞭一遍一遍地抽打它们，折腾了半夜，最后才放它们下来："去，继续给我探听。他的父母亲朋不知道，那就跟乌斯曼本人去打听。他本人总不会不知道要娶的那个贱人是谁！谁敢偷懒，下次我就要了谁的命！"

法图亚迅速退回房中，和衣假寐。他隐隐约约感觉到门外有人朝里偷窥，不用猜也知道，那是罕木香。他一刻未敢睡去，等到周围一切都静了，法图亚便悄悄爬上了房顶，在罕木香卧房的上方，偷偷掀开了盖瓦，朝里面望去，见那罕木香坐在凳子上闭着眼睛嘴里嘀嘀咕咕，而后她打开身上的一个金色小荷包，从里面拿出一粒长菰粱，丢进了瓦杯，嘴里念念有词，不一会儿那杯子里的菰粱粒就开始发芽、长高、抽穗，不到一顿饭的工夫，就结出了沉甸甸的菰粱穗子。罕木香把这些菰粱米打下来搁在枕边，又把荷包系好挂回腰间，随后就吹灭了蜡烛。

法图亚早听闻过这种古老的东方巫术，不想今日竟然目之亲见。他不敢发出一丝声响，一整夜闭着眼睛，心里却愈加清醒。

第二天一早，法图亚跟露珠一起等候在罕木香的门前。罕木香出来时，手里捧着昨晚瓦杯里长出的菰粱米。法图亚满脸堆笑来跟她告辞，尽力装出依依难舍的情态，他说自己打扰了一晚，要动身往东方去了。

罕木香脸色如常，也不挽留，只是说："吃了早饭再走也不迟，母亲昨晚送来的新鲜菰粱米，一会儿蒸了菰粱饽饽给你吃。"

法图亚假装出受宠若惊的模样，再三感谢。

吃饭的时候，法图亚大口的羊肉塞进嘴里，还有蜜甜的香瓜也一尝再尝。看他没动面前的菰粱米饼子，罕木香便说："异乡人，尝一口这饼子吧。这可是稀罕物，专门留着招待客人的。"

法图亚便说："看起来就分外香甜，我不敢一人独享，请小姐一起品尝吧。"

罕木香摆摆手："我今早起来觉得肠胃痛苦，这东西寒凉不易消化，还是留给你这行远路的人吧。"

法图亚刚要伸手去拿饽饽，忽然眼前一亮："哎呀小姐，您这腰上挂的荷包可真漂亮，不瞒您说，我家乡的未婚妻，在我出门前再三叮嘱，也要我带一个这般的荷包回去送她。可这一路上从未见过这样的绣工啊，我远远看去，都觉得那上面的野杜鹃似乎有香气飘过来呢！"

他见罕木香面上略微有些得意之色，便央求："小姐能否让我看一看这荷包，等我哪天到了繁华的东方商埠，也好照着这花样儿买一个。"

罕木香原本懒得搭理他，但法图亚再三央求着，也就顾不上去吃那面前摆着的饽饽了。罕木香索性摘下荷包："好了好了，看一眼赶紧吃了菰粱米饼上路吧，时候也不早了。"

法图亚握住荷包，止不住地赞叹，眼珠又斜溜着罕木香："这世上竟有如此神物，盛满了人间罪恶，让活人变成禽鸟！神啊，这是怎样歹毒的妇人才会有的恶行！"

罕木香一听这话，怒不可遏，伸手便去抢那荷包。法图亚却早有防备，闪身一躲，跑出了房间，院子里的鸽子们早已结队等在那儿了，它们一爪扣一爪，卷毛鸽子和白鸽子一起扣住了法图亚的两袖，直飞到半空中的时候，法图亚才发觉这些鸽子细细的脚爪如壮年的男人一般有力。

到了村口，法图亚被慢慢降落到了地面上。

"嗨，伙计们，这次多亏你们了。"

鸽子们七嘴八舌地说起来："怎么样？！让你不要来不要来，若是晚一步，你现在就可以跟我们一样忽闪着翅膀在树梢上飞来飞去了！"

法图亚摊开手掌，露出了荷包："至少，她以后再也不能作恶了。"

鸽子们失望地号叫起来："那又怎样？我们还不是要继续做鸽子！"

鸽子们号叫了半天，那只全身白羽的鸽子凑上来说："客商法图亚，毕竟今天算是我们救了你一命，你承认不承认？"

"当然，我必须承认。"

"既然我们刚刚拼了命救你出来，你总该回报我们点什么吧？你也知道，刚刚救你出来，就意味着我们彻底背叛了妖妇罕木香，我们是再也不能回到她那里了。"

"嗯，这我明白。"

"既然如此，你就替我们再跑一趟，看看能不能从妖妇罕木香那里打探到什么破解法术的秘密，再把我们变回人形吧！"

法图亚还是沉吟了。

"这次你也看到了，如果遇到危险，我们是可以救你出来的。毕竟我们二十一个当年也都个个身强力壮。"

"而且妖妇罕木香害人的妖法也无法施展了，她的宝贝都在你手上呢。"

…………

二十一只鸽子七嘴八舌直吵到法图亚脑炸，不过他也想着再回去一趟，既然罕木香和她的母亲都会法术，或许还有别的好宝贝也说不定。

"好吧兄弟们，就这么说定了。我再去会一次罕木香便是。"

法图亚一路往罕木香家里走，一路心里打着算盘。他可是雅法城里最精明的商人，赔本的买卖从来没做过。跟罕木香打了一个交手，便掠回了一小袋菰粱种子，他数了数，里面还有十七粒。在那些傻鸽子眼里，这菰粱米是使人变禽的妖物，可在法图亚眼里，这每一粒都是价值连城的金子！也正是这一袋菰粱米，让他看到了罕木香家里一定有巨利可图：听说她还有个母亲，也会妖术，想来宝贝一定更多。

客商法图亚因此愿意涉险再去罕木香家走一趟！

法图亚一路上走得很慢，他得想个万全之策，既能套出罕木香家里的宝贝，又能保全自己不受伤害。正在缓慢挪步的时候，一个年轻人撞到了眼前："嗨，尊敬的兄长，想跟您打听一下，可知道罕木香的家在哪儿？"

法图亚冷不防被吓了一跳，定眼一看，见这年轻人清秀非常，嘴角眼梢都弯着笑，一看就让人心生好感。

法图亚想，这必定又是慕名罕木香美色的傻小子，就劝道："这位兄弟，我看你还是别去那地方了。虽然罕木香家人人知道，但不告诉你是为你好。"

青年有点着急了:"这位兄长,不知道你为何这样说,莫不是罕木香家出了什么事故?"

"罕木香能出什么事?她可活得好好的呢!"

"我今天一定要到罕木香家,我来求婚,求她做我的新娘。"

"哦?你叫什么名字,兄弟?"

"我是乌斯曼。"

法图亚觉得这名字熟悉极了,像是在哪里听到过,半天才反应过来:哦,这不就是鸽子们所说的罕木香的心上人?!

青年乌斯曼,原来他要娶的新娘正是罕木香!

法图亚顿时来了计策。

他故意装出讳莫如深的口气:"你就是青年乌斯曼啊!我倒是听罕木香跟她的母亲说起过你……"

"哦?那您是?"

"我是……我正是罕木香远房的表叔呀。我刚刚从罕木香家里出来,就在这里撞见了你。"

乌斯曼单纯的眼睛里没有丝毫怀疑,立马就相信了法图亚的话。他分外热情地努力跟法图亚寒暄,手足无措的样子证明他相当紧张害羞。

"乌斯曼,如果你真有心迎娶我的侄女罕木香,我建议你明天再去。这已经是午后时间了,我们家乡的风俗是,提亲必须在日头刚刚升起的时候才行。你瞧你,急着赶路,衣裳都满是风尘,不妨跟我去歇息一晚,明天我再陪你一道去提亲吧。"

乌斯曼细想这话也有道理,急着赶路的脚步有些犹豫了。

法图亚接着说:"放心,到时候在罕木香的母亲面前,我一定会多多替你说好话的!"

乌斯曼立刻下定了决心,跟着法图亚去往村子边上的客栈。

一路上法图亚又跟乌斯曼说:"今天罕木香的母亲心情不好,一大早一群捣乱的鸽子打翻了家里的蜂蜜罐子,新采的上好蜂蜜全被糟蹋了,这会儿她正在家里发火气呢。你看,连我都被赶出来了。今天还是不要去触她的霉头了,你大概也是知道罕木香的母亲是出了名的古怪脾气吧?"

乌斯曼听了这话,更对法图亚的话深信不疑,不住地感天谢地庆幸自己先遇到了法图亚表叔。

在客栈里住下后,法图亚以"表叔"的身份,向乌斯曼盘问起他和罕木香的故事。

乌斯曼红着脸羞羞答答地讲了他和罕木香相识的经过。

乌斯曼与罕木香的姑母住在同一条街巷,罕木香的姑父是药材商人,常年外出采买,姑母不识文字,每当出远门采办药材的姑父托人捎来书信时，就会请乌斯曼来帮忙读信、回信。去年秋天，罕木香到姑母家串门，恰巧遇见了来帮姑母写信的乌斯曼。罕木香眼尾余光远远扫过去，乌斯曼的眉目清秀如画，直到了近前，看到他行走的笔迹比他的面庞更加俊丽。

趁着姑母去准备饭食的时候，两个年轻人略有羞涩地聊了起来，也不过是寥寥几句。乌斯曼回到家后，对罕木香日思夜想："我修葺了家中的住房，又把蜜桶、奶酪桶也装满了，家里已经准备好了美酒和鲜羊，这才鼓起勇气来到了罕木香的村庄。"

法图亚心想：这小子还挺多情，他要是知道罕木香那妖女也是这么痴情地四处打听他的消息，还不得乐疯了！

法图亚说："乌斯曼，我听罕木香跟她母亲说起过你，她很中意你的才华，说嫁人就要嫁乌斯曼这样的青年。"

乌斯曼听到这话高兴得几乎发狂！他一边絮絮叨叨地说着对罕木香的爱，一边又不住地感谢法图亚："亲爱的表叔，今天幸亏遇见了你。天可怜见，这是上苍在帮我啊！"

"好了好了，以后都是一家人了，客气话就不用多说了。天色已经不早，早点休息，明天还要早起提亲呢！"

乌斯曼带着满腹的喜悦在床上辗转反侧，直到后半夜才沉沉睡去。

听见乌斯曼睡熟的鼾声渐稳，法图亚悄声起了床。他躲到柜子后面，拿出罕木香的荷包，从里面捏出一粒菰粱种子，找来水碗，照着昨夜罕木香的样子施法，直到菰粱米发芽，长高，抽穗，结出了厚厚的穗子。他把米收下来，天不亮时就跟客栈的老板娘借用厨房煮成了粥。粥刚出锅，天也蒙蒙亮了，乌斯曼起身洁面整衣。

"乌斯曼，快喝了粥吧，我们准备出发了。"

"谢谢表叔。可是怎么只有一碗？您的呢？"

"我的那碗已经喝了，这是你的。"

乌斯曼没有丝毫怀疑就喝下了粥，不出所料瞬间变成了一只鸽子，羽毛洁白，没有一丝杂色。

法图亚一把抓住左右挣扎的乌斯曼："别闹了乌斯曼，先委屈你一下，一会儿就能见到你的罕木香了。"

乌斯曼嘶吼着："这是发生了什么？！你到底是谁？为什么要骗我？"

"我本意并不想骗你，要怪就怪你的情人罕木香，那妖女太难缠。这样也好，等见了她，你亲自问问有什么法子让你重新变回人形吧。"

罕木香是这世上最奇异的女子,她的心肠并不冷硬,但得遇上爱的人才柔软。她的母亲会些法术,罕木香幼年时喜欢鸽子,每每缠着母亲带她去看鸽子,母亲不耐烦,就丢给她满满一袋菰粱种子:"去,你这磨人的丫头!别烦我,随便给谁吃,把他变成鸽子就好!"

起初罕木香只是把些鸡鸭牛羊变成鸽子,每天在屋顶上揪着它们的翅膀玩耍。但自从罕木香爱上了乌斯曼之后,从此便觉得自己只属于他,她的美丽也只能归属乌斯曼一人,这世上的男人,除了乌斯曼,都污浊肮脏。如果被那些臭男人看上一眼,她都觉得自己对乌斯曼的爱受到了亵渎。那二十一个男人,因为垂涎罕木香的美貌,被她骗着吃下了菰粱米变成了鸽子。这一年来,她把这二十一只鸽子充作自己的奴仆,每天只让它们做一件事——打探乌斯曼的近况。

自从母亲知道了罕木香的心思,就把她软禁起来了,她哪儿都去不了,连姑母家也不行。罕木香的母亲,绝对不允许自己的女儿嫁给一个无知的凡人。

"罕木香,我以母亲的身份告诉你,有我在一天,你就别想嫁给任何一个平凡的人类。他们无知又贪婪,丑恶又肮脏。你嫁给他们,就会变成老丑的妇人,一辈子做他们的奴仆!"

罕木香的母亲对此倒是有亲身经历。她原本是大法师的女儿,从小跟着父亲学了很多法术,父亲的很多法师朋友都上门提亲,但罕木香的母亲抵死不肯,说什么都要嫁给罕木香的父亲——一个平凡的青年石匠。

罕木香的母亲与家人决裂后,跟着丈夫来到这村子里生活,生下了罕木香后,日子过得越发贫苦。大法师父亲收走了女儿所学会的一切可以变得富裕的法术,并且诅咒她一辈子过得辛苦劳顿。罕木香出生之后,罕木香的父亲染上了喝酒、赌博的恶习,败光了家里的财产,动辄就对罕木香母女大打出手,罕木香的母亲经常被打得鼻青脸肿地抱着罕木香躲进柴房的草堆里。她很想把可恶的丈夫变成鸽子,但看着怀里嗷嗷待哺的女儿,又心有不忍,她不忍心让女儿失去父亲,更不忍心把自己曾经深爱过的男人变成禽畜。

直到有一天,罕木香的父亲醉酒后跌落到井里。罕木香的父亲死后,罕木香的母亲在照镜子时突然发现,仅仅两三年的工夫,自己那曾经鲜嫩如露的皮肉已然皱皱得如同老妪。

罕木香对儿时的记忆很浅淡,她只知道母亲手边总有忙不完的活儿,对她也不冷不热。罕木香长成了最孤僻的性格,但她的容貌又实在如暗夜里的明珠,美到藏不住。罕木香的追求者络绎不绝，可她一个也瞧不上。

法图亚再度登门的时候，可想而知罕木香有多么咬牙切齿，但法图亚脸上堆满了诡笑，伸手从布兜里掏出一只鸽子："亲爱的罕木香美人儿，看看这只鸽子你可认识？"

还没等罕木香回过神儿来，鸽子已经开始呼救了："罕木香啊罕木香，我是乌斯曼啊。你还记得我吗？青年乌斯曼！"

罕木香大惊失色："乌斯曼？怎么会是你？！"

乌斯曼带着哭腔说："我是来向你提亲的，我想娶你做我的新娘。可半路上遇到这骗子，他说是你的表叔，把我骗到了客栈，对我施了妖法，我就成了现在的样子。罕木香，这个骗子说只有你能救我。罕木香，你快把我变回人形啊！"

罕木香听了这话，先是肺腑几乎气炸，继而心底里又漾出了一丝甜，她急不可耐地问："难道你要娶的新娘是我？"

"除了你还能有谁？让我日思夜想的罕木香啊！"

罕木香此刻恨不得生出万千爪牙，狠狠撕碎了法图亚，奈何他手里紧紧攥着乌斯曼不放。

罕木香强压怒火，对法图亚说："你到底想怎样？说说看吧。"

法图亚一双精明世故的眼中放出笑意："小姐，我并不想伤害你的情郎。你只要拿出可以把鸽子再变回人形的宝贝，我就放了他，你们照旧可以欢天喜地地成亲！"

罕木香沉吟了："把人变成鸽子的宝贝昨天还在我手上，如今已经被你夺去了。可是把鸽子变回人形的法术，连我母亲也没有教给过我。"

一听这话，乌斯曼先发出一声绝望的号叫。

罕木香心下一急："乌斯曼，你先莫急！待我去问问母亲，或许她有办法。"

事不宜迟，罕木香一路疾跑着去了母亲房里，法图亚攥着乌斯曼紧跟在后面。罕木香的母亲正忙着纺线，一见罕木香就絮絮叨叨骂起来："小蹄子，一天到晚就知道疯玩，也不来帮帮我的忙……"

罕木香匆匆打断："母亲，求您教我把鸽子变回人形的法术吧！"

"干吗？没事学这么没用的东西干什么？有空不如帮我把这线纺完，还有后院的奶酪桶也该再搅一搅了。"

"母亲，求您救救乌斯曼，他变成鸽子了！"

"哈！真是法界有灵啊！无知人类都变成鸽子才好！"

"母亲，如果您肯救救乌斯曼，以后让我做什么都行！"

"别说傻话了！别说我没有办法，就是有这个办法，也不会救他的！"

听了母亲的话，罕木香这才绝望了。

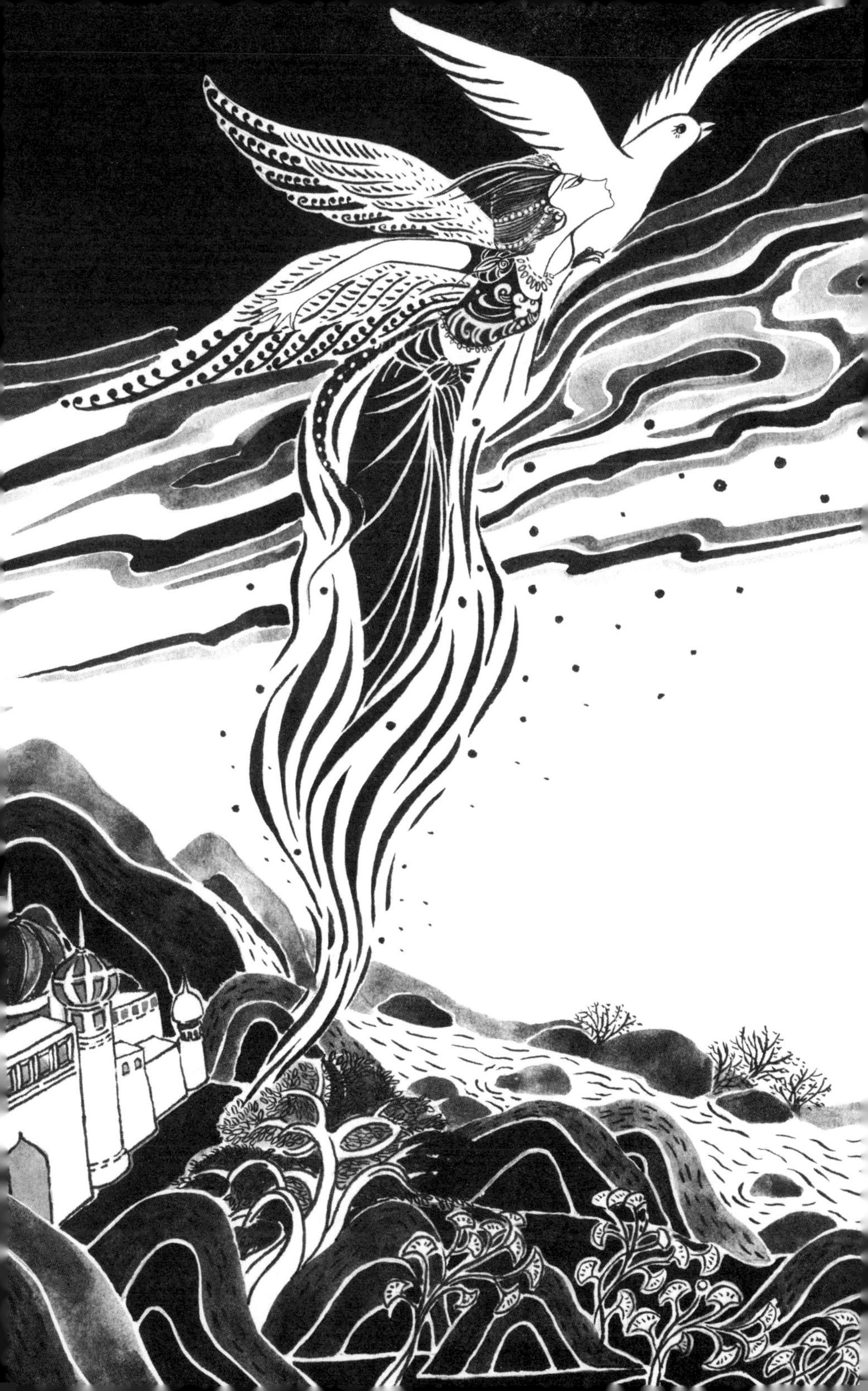

罕木香从法图亚手上捧过乌斯曼,法图亚这次倒没有阻拦。她的眼神对上乌斯曼的,彼此都滴落了眼泪。罕木香对乌斯曼说:"真的很抱歉,事已至此,我也无计可施了。"

乌斯曼没再言语,一振翅,飞走了,朝着自己家乡的方向。

罕木香转身对着母亲说:"你拦不住我的,我偏要做乌斯曼的新娘。"

罕木香说罢便从袖子里掏出昨天早上的那块菰粱饼子,整个塞进了嘴里,法图亚和罕木香的母亲都惊呆了:罕木香变成了一只鸽子,是火红的颜色!

法图亚相信从没有人见过美得如此夺人心魄的鸽子!罕木香一振翅,也朝着刚才乌斯曼的方向飞走了,连头都没有回一次。

罕木香的母亲朝着女儿飞走的方向空望了半晌,静静地坐回凳子上,继续纺她的线,眼神里却满是无望的哀凉。

法图亚只好讪讪地回去了,弄成这副样子,显然是他没想到的。但回去还有二十一只鸽子在等着他。一想到那些叽叽喳喳聒噪不堪的家伙们,法图亚觉得必得想个法子安抚它们才好。

鸽子们见到法图亚回来,一股脑赶上来问:"怎么样?拿到把我们变回人形的宝贝没有？"

法图亚脸上堆笑："当然，兄弟们放心，包你们满意。"

鸽子们这回喜笑颜开了，想到又能恢复人形，心里个个美滋滋的。

法图亚掏出个一寸长短的小瓶："看，这就是解药。来吧，让我把它和在麦饼里，你们吃了，马上又是英俊青年啦！"

鸽子们欢欣鼓舞，争先恐后地去吃和了药粉的麦饼，它们个个都拼死了多吃一口，再多吃一口，生怕吃少了药效会慢。

直到所有鸽子都四脚朝天地躺倒在地上，法图亚才露出了狡黠的笑容。

这瓶蒙汗药够它们睡上两天两夜了。这段时间他得抓紧去买个笼子，把鸽子们装进去，最好给每个鸽子的脚上都扣上铁环，省得它们乱跑。还得去雇辆车，再找个车夫，毕竟要装下二十一只鸽子，可得不小的笼子才行。自己只身一人，实在背不动啊。

说办就办！

笼子被装上马车的时候，法图亚在心里拨开了算盘：会说话的鸽子，每一只得一百个金币吧？不不，二百也值！这么算下来，二十一只鸽子可值不少哪！还有那一小袋菰粱米，可以把人变成鸽子的菰粱米！每粒少说得卖五百金币才行！而袋子里还剩十六粒！

　　法图亚心想：应该把隔壁铺子的巴哈也变成鸽子才好，谁让他总是跟自己抢生意！

　　但又一想，那个老巴哈，哪里值五百个金币？！菰粱米用在他身上，根本是浪费！再说自己只要这趟生意做下来，巴哈就算下辈子也不可能是自己的对手了！

　　法图亚越想越觉得这趟来得值："一本万利啊！"

　　他美滋滋地吩咐车夫："走，朝着最繁华的大商埠去！"

第三夜

朝颜小姐的婚礼前夜

第三个故事：拉法哈莉的丝毯

朝颜小姐的婚礼前夜

香莉黛的故事讲完了,她拍拍胸脯,大大方方地舒了口气:"憋了十来年的心思今晚倒了个干净,痛快!当我成了罕木香,那深不见底的爱和深不见底的痛一样,折磨得人晨昏不得安。回来想想,真嫁给了太喜欢的人也未必就是好。也罢,无爱则无怖。你瞧如今我过得比谁差?!"

"唉,你是因爱而生怖,我则是因为被爱。"席间响起一个声音,大家望过去,原来是大学士家的女儿朝颜小姐。

说起朝颜小姐,云旗公子还在幼年时,便常跟国君夫人玩笑:"母亲,你可真不该啊!不该晚生我十年!否则我就能娶大学士家的朝颜小姐做妻子了呀!"

彼时国君夫人也故意蹙起眉毛叹气:"是呀,这可怎么办好?

要不要我去跟大学士夫人商议商议，让她把朝颜小姐塞回肚里再待十年？这样就正好与我儿子相配啦！"说罢母子二人哈哈大笑。

此事足可见朝颜小姐之风姿雅韵，超然众人矣。

十年之后的朝颜小姐，气质风貌依旧令人屏息。论面目颜色，她并不似香莉黛那样颜色艳丽分明，但她的气质，如雪山顺流而下的清泉，似与俗世无关联。这世上有一种女子，只消看得一眼，便心向往之，说的便是朝颜。

十年前的朝颜，也是在待嫁之夜失踪，随后回府，把自己闺门紧锁，再不提婚约之事。原本朝颜要嫁的是年少有为的右骁卫。

这右骁卫自从那一年的弦月日一睹朝颜之芳容后，久久难忘，立志要娶她为妻。为了娶到朝颜，他学书画、练棋艺，一切都照着朝颜喜欢的样子去改变。他三五日便要亲送一封书信到大学士府上，由管家代为转交。虽则见不到朝颜的面，但他锲而不舍地诉说着自己的思念和决心，终于在三年后打动了朝颜小姐的芳心，在父亲面前点头应下了这桩婚事。

所以当日朝颜的悔婚，对右骁卫打击极大，一连在大学士家门前哭喊咆哮了七八日，终究被父母家人捆绑着回去了。自此他沉默寡言，像是换了个人一般，如今右骁卫早过了而立之年，却仍未再议婚事。他曾说："世上女子，只一朝颜可为我妻。不是朝颜，宁肯不要婚姻。"

家里家外的人不断把右骁卫这话传递给朝颜小姐，她从不为所动。如今连右骁卫的父母背地里也气得直跳着脚骂朝颜"着实是个铁石心肠的害人精"！

在云旗公子心中，朝颜小姐一直是可望而不可及的女神一般，今日见她眉间微蹙，自有一股说不出的愁云缱绻，云旗公子不觉看得发呆。

"我的那一夜啊，是从那一扇门开始。那里立着一头波斯狮，毛发根根如金丝，我不觉得它会伤害我，因为它的眼神里充满了落寞，让我不自觉地想靠近，想去触摸它的忧伤……"

第三个故事：拉法哈莉的丝毯

在最高的那座山以西，有一座极小的城邦，城主自立为王，自诩为曳尾国国王。

曳尾国在高山戈壁环绕间，被黄河阻断了音讯，以巨岩为墙，城墙以外的人不知道它的踪迹，城墙以里的人不明晓外面的世界。

幸而这城里四季广有雨雪、春秋风沙不盛，因此庄稼还算茁壮，城民得以安居。国王便也乐得做个万人之王。

曳尾国国王总以风雅之士自居，经常与大臣们谈论诗歌与花月。臣民们仰望的目光，是他快乐的原乡。

国王经常对大臣们感叹："做这众人之王能如何？即便是全世界的皇帝又怎样？我倒宁愿做个博学之士，知道星星的来历，通晓河流的归向。"

臣民们因此对国王还是信服的，并且父母们也经常教育子女："不能以一个人的外貌就断定他是不是风雅的学者，比如我们的国王。"

不过，如此博学多识的国王，却并不强令臣民们读书，他说："我希望你们热爱学识，但更尊重你们追逐自由。"

曳尾国的孩子们顽皮，不爱进学堂读书，国王不忍孩子们泪汪汪地被送去读书识字，便减少了书堂，根据孩子们的兴趣增设了武场、绣坊……臣民们叹服："国王真比我们做父母的更爱我们的孩子啊！"

曳尾国的臣民一直活在对国王的尊崇里。

这一天，城墙外的花园里，一位异族打扮的男子俯身折下了花丛中盛开的那一朵最娇艳的花朵。他赞叹道："真主保佑！这是何等的运气，竟让我在这异乡远途，偶遇如此迷人的番红花！"

然而当花朵刚一离枝，几杆刀斧已然"哐啷"架到了他的脖子上，有个持刀的士兵大喝一声："毛贼！谁给你的胆子，敢偷国王的圣花！走走走，我要押你去殿前接受国王的审判！"

异乡男子未及分辩，只半顿饭工夫的路程，便被带到了国王面前。

宝座上的国王身材矮胖，脸盘肥圆，胡须蜷曲，他既正襟危坐，又忍不住各种小动作。身为国王，他并不戴王冠，取而代之的是一顶学士帽盔。他常常要极力控制住自己的鼻孔，近身的侍从们都知道，国王的鼻孔比国王的臣民更难管束，他说话的时候嘴巴呼哧呼哧喘气，不说话的时候鼻孔又一个劲儿地嗤嗤嗤出气。身上的王袍做得窄紧，想尽力显出腰腹的曲线。于是他每一次鼻孔出气，殿前的大臣侍卫都忍不住望向他下巴以下的肚子，他们生怕华贵的袍子被国王十足的中气冲裂，但有时顽皮心起又难免暗暗地期待着。于是侍臣们的脸上常蒙着一层淡淡的吊诡。

异乡人手里捏着的番红花让国王脸色阴郁，他晃动着肥圆的下颌："可怜的无知者，大概你从不知道手上轻易折断的是何等尊贵的神物吧！这是圣花今年第一次开花，昨夜侍卫来报，还只是待开未开，现在却被你捏在了手里！难怪先贤言道，罪大恶极者多出自无知。此言果然不虚！"

异乡人不以为然，摊摊手说："抱歉，国王先生，我并不知道这花对于您的意义，只是远远看去它那么美，它的美在召唤我、引诱我，让我不得不向它靠近。如果说有错，那就错在我对它的爱吧。"

异乡人如此说，国王倒露出了一丝得意："那是当然！这是我曳尾国之圣花，是百里之外雪山仙女赐予的福报，你等无知者禁不住对它迷恋，也是情理之中。毕竟世间又有哪个凡夫俗子能抗拒它的美？！"

"圣花？雪山仙女？"异乡人听闻倒哈哈笑了，他举起手中的番红花，"国王先生，您是说这番红花吗？哦不不不，虽然它够美，但在我的国家里，它遍地都是，说是圣花，也太高抬它了。"

国王眼珠瞪得溜圆，鼻孔呼出一股中气几乎要绷断冠带："你说它叫什么什么鬼？这世上竟然还有地方能遍地都是它？我不信！"

"别不信啊国王先生。在我的国家里，家家户户门前种满了它，厨娘们用它和着肥美的羊肉做出喷香的抓饭，老爷们喝的茶里总是添着它和玫瑰，它在姑娘们擦脸的香脂里，它在孩子们每日的糖果里。它的可爱当然无与伦比，但它又寻常到遍地都是。"

国王简直听呆了，连鼻子都忘记了嗤嗤出气："异乡人，你从哪里来？"

异乡人直了直腰："波斯，我从遥远的波斯来。"

国王惊奇地站了起来，走下宝座，来到这异乡人身边，绕着他走了好几圈："听闻波斯国富民盛，遍地都是宝石，你远道而来，一定随身携有珍宝啦？"

"国王先生，珍宝我倒有无数，有鸟蛋那么大的红宝石，仿佛拳头的蓝钻，指甲大小的宝石只配做零星点缀，它们加起来多得像您宫殿前盛秋时树上结满的柿果。"

"既然如此，那你一定也是金币满身喽？"

"金币是如此平庸之物,但漫长的旅途又少不了它,如果非要问我此刻有多少,大概总数加起来能买您这样的国土十七八个。"

....

听罢,国王突然厉声吼道:"大胆,敢欺骗本王!"

异乡人摊摊手:"国王先生,我哪里欺骗您了?"

"遍身藏宝?就凭你这一件单衣简衫,一小方薄薄的包袱?!胡扯!我曳尾国中最下等的仆人也胜过你这副扮相。"

"国王陛下啊,您岂不知:世上的珍宝,要是都能一眼目之,也就无其价值了。"

国王挺起胸脯:"虽然本王如今只在这偏远疆域为王,但也曾读书游历,虽不敢自称无所不知,却也比一般凡夫草民有些见识。我当然知道波斯离这里有万里之遥,凭你身无长物,连件像样的行李都没有,这一路如何走来的?你要么是沿街的乞丐,要么就是鸡鸣狗盗之徒!"

异乡人倒呵呵笑了:"国王先生,谁说我没有像样的行李?我这肩上背的只是一个薄薄的小包袱,但那里面可是一条上等的丝毯。别看它折起来只有一小方,铺开来却能当床,有它,别说来到您的领地,就是再去百个千个国家也不是难事!"

此时国王最信任的宰相凑了上来。宰相是个瘦长脸的高个儿,胡子只有稀稀拉拉的在下巴上的几根，却觉得无比珍贵，一旦开口说话必定要拿手去捋。宰相说："陛下，看这人的样子，不是疯子就是骗子。以陛下广博的见识岂能不知，就算是再精美的地毯，难道能吃能喝不成？除非一路招摇撞骗而来！"

国王听闻点头："说得不错，可见是个不诚实的人。他说的那些话也不足为信，可是要怎么处罚他才妙呢？"

宰相捋着胡子出主意："若打若杀，会让臣民们觉得陛下狭隘小气，为一朵花就要置人于死地，难免让敬仰您的臣子们有非议。不如把这人关在城门外，让士兵们好好看守，看他每日如何吃喝度日。几天后他要真是饿死了，不正好说明他是骗子吗！"

国王听闻，直夸宰相好一条妙计。

异乡人即刻被带到了城门口，士兵严奉王命，牢牢看守。

折腾了这半天，日已西斜，异乡人解下背后的丝毯，把它铺在地上，索性躺在上面闭目养神起来。

那丝毯实在精美，松枝绿的底色，一角织满了各色叫不上名字的珍奇花卉，狮子、骏马、波斯鹰个个栩栩如生，另一角织有无数的铁皮箱笼，有的箱子被成堆的珠宝金币挤得阖不上锁扣，直溢了满地，那箱子里的每一颗宝石都比曳尾国国王权杖上的顶珠还大上两三倍。最奇的是这毯子的中央，织有一位女郎，过往的行人只是略一打眼，便立刻被那女郎的模样迷住了：蜜色的皮肤、琥珀一样的眼，鬓发如漆，嘴唇的颜色正如国王花园里最钟爱的那一朵红；她的身段分外窈窕，如远远望去的群山，起伏连绵；她的眼神略含着幽怨，以至于身上那极尽华美的松石色裙子都显忧郁。女郎的手边摆着各色饮食，精妙的金壶金盏里盛满了金灿灿的藏红花茶，蜂蜜、奶酪、糖饭、麦饼，各色叫不出名目来的瓜果鲜脆欲滴。

来来往往的行人简直看得发呆，难以想象这世上竟有如此生动精美的毯子，上面的一物一人都栩栩如真！

有知道情况的行人纷纷给这异乡人出主意。

"喂，年轻人，醒醒、醒醒。听我说，把这毯子献给国王吧，或许能抵消你的罪过，说不定王一高兴，还能赐你些银钱，到那时你就可以回乡了。"

"这么美的毯子，咱们祖祖辈辈都没见识过。如果你乞求国王的原谅，再加上这毯子，没准儿国王还能赐你官职哪！"

"大好青春，何必在这里等死呢？"

…………

任周围人如何口沫横飞，这异乡人始终垂眼而卧，他扭了扭身子，把脑袋靠在了毯中女郎的胸口处，卧在渐渐西沉的夕阳里，沉沉睡去。

太阳照常升起。

直到清晨的城门口来来往往的行人热闹起来,异乡人才伸着懒腰从梦中醒来。他揉揉惺忪的睡眼,看看周围,有往来的孩子手里拿着糖饼,异乡人嘀咕了一句:"肚子饿得咕咕叫了,该吃晨饭了。好啦,我最最亲爱的萨拉婆婆,现在我要开始享用今日的美食啦!"

看守的士兵听了哈哈大笑,都讥笑他是个疯子。

异乡人不以为意,他只是盘坐在毯子中央,嘴里念念有词,路人和士兵不过眨眼的工夫,便见他已从毯子上端起了黄澄澄的麦饼。大家再一定睛,但见毯子上还摆着蜂蜜和奶酪!异乡人不慌不忙地用麦饼蘸着蜂蜜一口一口地进食,吃到第二个的时候,又把奶酪夹在了麦饼上卷着吃。吃完两个麦饼,他又拿起了一串葡萄,仰着脑袋一口一口地咬着珠粒。来来往往的行人围得水泄不通,个个都伸着脖子看成了呆鸡,此时不知谁嚷了一句:"你看那毯子上!"众人才注意到,这异乡人端出了麦饼的同时,那毯子上原本织着的麦饼、蜂蜜、奶酪、葡萄也就随之不见了!

往来的城民都忘了自己出门时的差事,只顾着看这异乡人如何吃喝,大家围成一团,晚来的人插针都难入,他们看着异乡人大口吃喝，直至他吃完，自言自语道："感谢真主，感谢我最最亲爱的萨拉婆婆，现在我吃饱了，要把盘子重新摆好。"

又只是眨眼的工夫，还没等大家看得分明，那麦饼、葡萄等吃食，又原封不动地回到了毯子中。

看守的士兵回过神儿来就意识到事关重大，必须马上禀报国王！

一大早国王已经听侍女和卫兵们嘀嘀咕咕议论纷纷了，都说城中来了仙人。再听完士兵细细的禀报，国王的鼻孔突然堵得出不了气了，急得近侍官一叠声喊："凉鼻烟、凉鼻烟！"

此时又是宰相上前："陛下，照现在来看，这有可能……是个变戏法的。"

国王一边吸溜着凉鼻烟，一边呼哧呼哧喘气："如何变？"

"陛下，昨天咱都看见了，那异乡人穿的是长袍，但凡变戏法的人，都会把东西使劲儿往宽袍大袖里藏。估计这吃食就是他事先藏好的，不过是为了唬住众人罢了。"

"可那毯子上的吃食明明在他吃喝的时候也就消失了呀！"

"那家伙选择在这时候耍这把戏，日头高晒，未免晃眼难以辨识，再加上他一直拉着大家吃吃喝喝，谁会一直盯着毯子上面看。一时被他的障眼法蒙蔽也不奇怪！陛下无所不知，定然不会被这小把戏蒙骗！"

宰相言之凿凿，国王也不由得暂且耐下心中躁气，吩咐士兵速回去盯着这异乡人的一举一动，任何言行举止都必须即刻来报！

异乡人这一整天里不过就是在毯子上躺躺睡睡，闲了就起来跟过往的行人打打哈哈。不少行人过来跟他攀谈。

"异乡人，你这是要到哪里去？"

"我要到森巴都去。"

"哦？那是哪里？从来没有听说过呢！"

"森巴都是个神奇的地方，听说在那里，任何魔法都会失效。人们都平等友爱，女孩子们的衣服又轻又软，却可以抵御严寒。男人们互相推举最有德行的人成为管理者。在森巴都，如果找到一位心地仁慈的上神萨拉，她对你说'哦，神解脱你的一切苦'，那么你身上所有的苦痛和罪恶都会消失。从森巴都回来的人，都干净得如同初生婴孩。"

城民们都听得入迷了："那么，森巴都在哪儿？"

"没人说得清它在哪儿。只有萨拉婆婆曾经告诉过我，要往东方走，一直往东方走，那是太阳和月亮同在的地方。或许有一天在哪个城边歇脚的时候，就身处森巴都了。"

异乡人一直跟城民聊啊聊，一直聊到日头渐落，他又像早上一样念念有词地从毯子上端下吃的来，城民们就在眼前，却依然如早上一样什么也没看明白。

　　这次他拿出了满满一大盘撒满了金黄色蜜糖和鲜红色番红花瓣的蒸饭,吃的时候还冒着腾腾的热气。被国王视为圣花严加监守的番红花在异乡人这里却不过是寻常的盘中调料,曳尾国的城民们不免个个惊异!又见他端出了劈成长条的蜜瓜做点心,异乡人请周围人一起享用这美食,大家吓得纷纷摆手。只有一个孩童接过了异乡人手里的蜜瓜,咬在嘴里半响,笑嘻嘻地说了一声"甜"。

　　这时候人群中有胆子大的,就着异乡人盘中的糖饭伸手撮了一点,小心翼翼地舔在舌尖上,发觉与自己吃过的稻米也没什么大不同,只是这异乡人盘中的更美味些罢了。接着又有几个年轻胆壮的,索性跟着异乡人一起坐到毯子上大吃大嚼起来。而这盘中的糖饭和那劈开的蜜瓜,似乎永远都吃不尽,不论多少人大吞大咽,这盘中吃食丝毫不见少。

　　饭后异乡人又请大家一起品尝加了玫瑰精露熬制的番红花茶,那可是国王花园中雪山仙女赐予的圣花!曳尾国城民们把金黄的茶汤捧在手上的时候,有口无遮拦的大呼一声:"喝着雪山仙女赐予的圣花之茶,我们岂不个个都是国王喽?"

　　城民们有人哄然大笑,有人紧张得直顶他胳臂:"莫要胡说,小心祸端!"

　　大家伙儿就这样吃着、喝着、聊着、笑着、紧张着,直到个个都茶足饭饱,异乡人一挥手的工夫,糖饭、蜜瓜和番红花茶又照样回到了毯子上,细密如织。

众人啧啧称奇。

异乡人的一举一动,都被看守的士兵极尽详细地禀明给了国王。国王当然再也坐不住了,新制的靴子把地板捶得"咚咚"响,鼻孔一个劲儿地"嗤嗤嗤"。

宰相也着急,还是得尽力安抚国王:"陛下先请安坐,明天看看他还能有什么花样。只要是藏在衣服里的食物,总有吃尽的时候,只要我们有耐心,总能揭穿他的把戏。"

国王这次听不进去了,不耐烦地摆手:"传令,明天一早本王要去城楼上面,亲眼看看这个妖人的把戏!"

第二天卫兵们侵晨出动,奉命清除闲杂人等,随后国王带着卫队悄悄地上了城楼,在隐蔽的位置坐下,监看着城门下异乡人的一举一动。

异乡人仍是日头高照时才醒。醒来后他并未像昨天一样着急吃喝,而是起身活动了几番筋骨,嘴里还念念叨叨:"昨天饮食太饱,今天只觉腹中绞痛。仁慈的萨拉婆婆,原谅我昨日口腹之欲的贪婪吧！"

听闻至此，宰相先得意地笑了："陛下您看，这明显是没有花招可耍了，开始故意找托词啦！"

国王也觉得兴趣索然，马上回宫又显得今天这趟有点小题大做，踌躇了半晌，没说话，也没说回宫。

一干人等只好陪着国王在这城楼上继续观望。

异乡人在毯子上踱来踱去，唉声叹气："这时候要是吃上几颗蔓胡颓子，保准我立马神清气爽。蔓胡颓子啊蔓胡颓子，你在千里之外，要如何能立等得来呢？"

突然他一拍脑袋："对啊，我怎么把它忘了？亲爱的赫尔墨斯，请原谅我，我不是会经常忘记老朋友的，只是今天被病痛折磨得憔悴，脑袋都不好使了。幸好有你，我的老朋友！"

他口中念念有词，挥手间一只波斯鹰嗷叫一声飞到了他的臂膀上。这波斯鹰羽翅闪金，两眼锐如利剑，目光所及处令人胆寒，却依偎在这异乡人手臂上一动不动，如同忠诚的侍卫。异乡人抚了抚它的脑袋："好吧，亲爱的赫尔墨斯，今天辛苦你啦，去吧，帮我带几颗蔓胡颓子回来！"说罢一甩手臂，那鹰又是一声嗷叫，振翅向空！

城楼上国王和宰相此刻已然呆住！连同卫兵一行人都木愣愣地立在原地，一句话也说不出来。

大概过了有三顿饭工夫，那鹰回来了，嗷叫一声照旧落到异乡人的臂膀上，嘴里衔着一挂缀满了黄绿色药果的枝条。

异乡人接下枝条，挑上面熟得更好的药果扯下，一颗颗嚼起来，嚼到三五颗时，脸上已露出了快意的神色，他拍拍那鹰的翅膀："谢谢你赫尔墨斯，我觉得已经好多了。幸亏有你！好啦，飞了那么久，回去休息吧，替我向最最亲爱的拉法哈莉问好，我永远像热爱生命那样爱她！哦好了好了，不要吃醋嘛，乖乖的赫尔墨斯，我也爱你！"

异乡人一面哄着，又是一挥手，那名叫赫尔墨斯的鹰照旧回到了毯中。

城楼上的国王连鼻孔出气都忘了，他猛地一起身："回宫！"

"陛下请息怒、请息怒！臣下幼年时曾看过一本《奇闻异术录》，里面曾记载致幻之术，说是把一种特殊的药粉撒向天空，但凡呼吸到这药粉的人都会产生幻觉。估计这人就是用了这种迷幻术。臣下见那妖人甩袖挥鹰时，感觉一阵眩晕，我敢保证，他一定是袖子里私藏了这种药粉，趁着放鹰的时候，一起撒向了天空。"

国王听闻，狠狠盯住宰相的脸，那眼神里有刀枪斧剑，吓得宰相连忙改口："无所不知的王啊，臣下知道，这种民间典籍您也一定翻阅过。臣下只是怕陛下着急一时想不起来！"

国王神色略有缓和："当然。能有什么是我所不知道的呢！"

国王在宝座上坐下又起身，来来回回踱步不止，最后下令说："暂且看他明天还有什么花样！"

第三天，午后时分，天色忽然渐渐阴沉下来，看着天幕愈加黑透，异乡人欢喜异常："拉法哈莉啊，今天我们又可以重逢啦！"

他匍匐在毯子旁边，深情地望着那上面的女郎，他用手摩挲她的脸庞，然后是她垂落肩头的鬈发，再是她绣满了花卉的紫衫，以及缀满了珠宝的松石色长裙，最后他用手叠在了她的手上，那只小手啊，如同鲜活一样柔若无骨，指头上戴着绿松红宝石的戒指……异乡人摩挲了半天，忽地把手一拉，众人只听"哎哟"一声，一个女郎踉跄了几步站稳在了毯子上！

周围瞬间一丝声响也无，所有人都像被施了定身法一般，包括城楼上的国王和宰相，连呼吸都忘了！

那女郎看起来比在毯中时更美上十倍，此刻脸上一副如释重负的轻快，她终于把忧郁如雾的神色笑出了珠宝一样的光芒！她笑着的样子真美啊，美到纵然暗夜也灼灼生光！她摆动着沉甸甸的胸脯、柔嫩嫩的腰身，纵情地跳起舞来，嘴里还唱着欢乐的歌。

"拉法哈莉啊拉法哈莉，伊斯法罕城中的明珠，却每天要做这丝毯的囚徒，只有日月不见时，才能重返人间。世间啊，多美！红的花绿的树，连昏黄的大地也有香气！"

异乡人就坐在毯子上，一脸痴迷地望着她，嘴里念念有词："走过了西方，走到了东方，目所及处美景无数，哪怕是盛夏的花园、初春的雪山，也不及我的拉法哈莉这般迷人！"

拉法哈莉就这样旋转、歌唱，直到唱累了、跳累了，才喘吁吁地一骨碌躺倒在地，她深深地呼吸，纵情地陶醉："啊，这大地的气息啊，有泥土的香味，连尘沙的颗粒都好像那么调皮，人世间的一切一切真是美极了！"

异乡人便伸手去拉她："地上全是灰尘，会弄脏了你那丝绸般无与伦比的秀发，拉法哈莉，来，躺到毯子上来！"

拉法哈莉迅疾翻身躲开，厌恶的眉头一拧："去，不要拉我！我要纵情享受这人世间！灰尘再腌臜，也强过那深渊地狱一般死寂的毯中！我恨这毯子！恨不能用火烧它成粉末，用剪刀撕它成碎片！"

面对光芒耀目的拉法哈莉，几天来一直神气昂昂的异乡人却宛如羞涩木讷的童男子，此刻他只有垂下头，眼中满是愧疚："拉法哈莉，别这样说。这是你的寄身地，若没有了它，你会形魂无依。"

拉法哈莉怒瞪起一双宝石眼："所以，这一切都怪谁？都怪你，自私自利的男人！"

异乡人垂着眼皮："拉法哈莉，你知道，这世上不会有人比我更爱你。"

"你以爱的名义囚禁我，就像这世上多少人以高尚的名义行龌龊事！"

…………

异乡人和拉法哈莉的对话一直持续了很久，这拉法哈莉不时地起身跑跑跳跳，一会儿跟围在身边的小孩子们玩玩闹闹，一会儿又跑得不见了踪影，异乡人这时会焦虑地朝远处观望，不住地大声喊着："拉法哈莉，别跑远了，天又要亮起来了……"

当第一丝亮光挣脱了黑暗的时候，拉法哈莉站在毯前深深叹了一口气，是的，又到了她该回去的时候了。异乡人也是不舍，眼神里有千言万语想说。**可是时间最是无情，它把一切浓情蜜意都隔起了厚厚的藩篱**。纵是万般不舍，异乡人也只得再度拉起拉法哈莉的手，向毯中一推。此刻，刺眼的阳光恰好从暗夜一般的黑里重新挣扎出来！

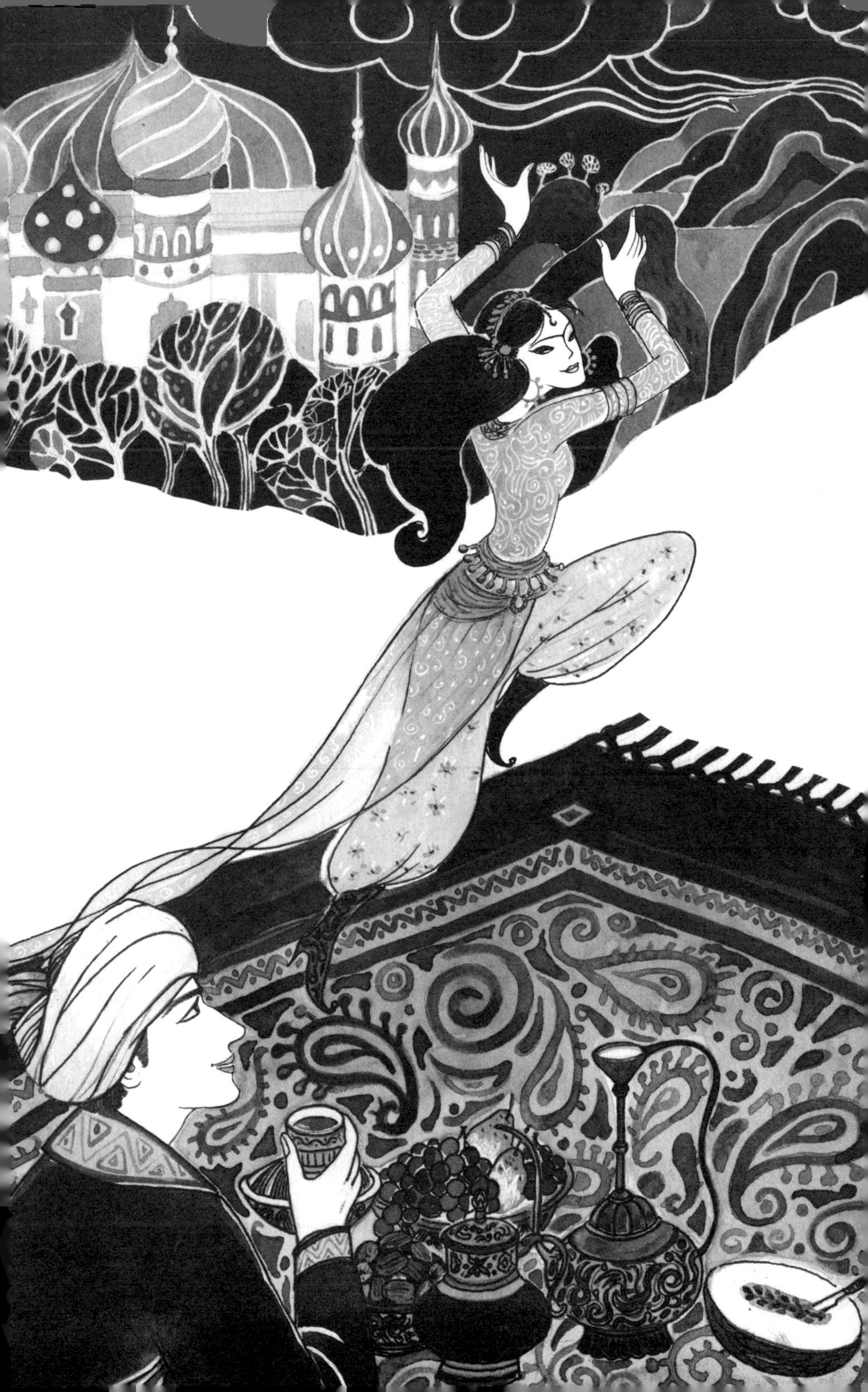

在城楼上观望了整整一天的宰相,已经再没有了把《奇闻异术录》之类的典籍搬出来的勇气。他搜肠刮肚也实在没能想明白到底有哪本书曾经记录过这样的幻术。

国王与大臣们连夜召开紧急会议,把全国上下最智慧、最博学的学士都找来了,再加上渊博的国王本尊,翻遍了各种典籍,也没能弄明白这异乡人到底用的是什么邪术。

国王斜歪在宝座上,疑惑、愤恨、嫉妒……各种表情几乎要炸裂他的脸!国王再也顾不上那些虚无的颜面,直截了当地问:"学士们,有谁知道哪本书中有记载过这种妖魔丝毯吗?"

学士们纷纷摇头。

国王大怒:"平常个个自称博才,此时怎么说?!"

学士们吓得纷纷匍匐跪地。

"那就把这妖人砍了!把毯子收了慢慢研究!"

宰相急忙进言:"陛下莫急!看那妖人做法时念念有词,想来这法术也是有咒语的。如果没把咒语弄到手,就算空有毯子,也不过是平平常常的死毯一张!"

"依你之见呢?"

"陛下,这事暂且不能用强,万一那妖人不从,或是说个假咒语糊弄陛下,真把他杀了,不更没人知道开启这毯子的秘密了吗?"

"直截了当地说,怎么办?!"

"依臣下看，陛下不如委屈一下，明天亲自带卫队前往城门口迎他，假意封他为'大法师'，暂且让这妖人卸下戒备，以感情拉拢之，先套出了丝毯的秘密再说！"

国王心有不甘，絮絮叨叨说了很多这异乡人大逆不道的地方，其实总结起来就一句话：凭曳尾这弹丸之国，怎可出现比国王更有神通的人！

国王最后一句话："有异术者，要么为我所用，要么杀之灭之！"

对有才能之人，远在天边的崇拜，近在眼前的嫉妒，世人皆不外如此。 宰相辅助国王多年，当然明白这话里的意思。他知道有这样大本事的人怎可能甘心留在这弹丸小国襄助一个小王！

这个道理国王比他更清楚。

第四天，异乡人比之前三天起得都早。而曳尾国的城民们见识过了前三天的种种异术后，这天天刚亮，就在异乡人的身边围了个水泄不通。小孩子们再也不夜间贪玩，早早便上床睡了，一大早不用母亲三番五次地叫醒，而是一骨碌就爬起来往异乡人这里跑，后面还追着他们的父亲、母亲。各家各户的人纷纷放下了

活计，因为实在也集中不起精力，在田间、在铺子里，大家脑袋里琢磨的都是："今天那异乡人又会摆出什么奇幻景儿来？"

异乡人今天特意整了整装束，袍子上的灰也一掸再掸，嘴里还念念有词："今天国王要来，我得早起接待贵客！"

城民都打趣他："年轻人，国王来做什么？难道来请你入朝做大臣不成？"

他哈哈大笑："做大臣有什么稀罕，这样的一隅小国，即便我想当国王，也不过是手到擒来的事情。"

大家哈哈笑了，逗他说："你要是当了国王，可得怎么感谢我们这些天天陪着你的朋友们呢？"

"朋友嘛，当然要感谢！何须非得等到封王拜相！这样吧，我随身并无其他，毯子上还有些金币，我也要离开了，就送些给你们做念想吧。"

大伙儿当然沸腾了："金币呀！金币呀！异乡人你可要说话算话啊！"

"这有啥好扯谎的？！金币只是极寻常之物，要是在我的家乡伊斯法罕城里，我定要送你们最昂贵的玫瑰水，还有最大颗的金丝绿松石，番红花的点心任你们享用……这才是款待朋友的礼数呢！"

大伙儿听得入了迷，直到有个小伙子笑着喊："你便是再多盛情，我们也到不了你的伊斯法罕。快些把金币拿来款待我们便好！"

异乡人嘴角一咧，低声念念有词，不一会儿手一挥，只见手势所到之处，那毯子由内向外窜出一道金光，但听"呼啦"一声，异乡人满满一把金币捧在了怀里。他挨个派发，每人一枚，城民们千恩万谢，口里止不住地赞颂："这年轻人大概是哪位上神临凡吧，这样英俊的相貌，这样魁梧的身材，瞧他的嘴角，笑起来风趣幽默，瞧他的双眉，皱蹙起来都风流倜傥。再加上这样的仙术，就算是做个一国之王都是委屈了他呀。他该是最富有的中原大帝啊！"

领到了金币的城民欣喜若狂，紧紧攥在手里疾往家跑，生怕慢了一点这金币会像露水一样蒸发无影。当然，金币就这样一直牢牢地握在城民手里，直到被他们藏进了家里的柜子里、埋进了坛子里，还是安然无恙。

这一切，照旧被城楼之上的国王看得一清二楚。

国王再也坐不住了，他吩咐宰相："集合卫兵，把最骁勇的将军叫来，随我一同去拿那妖人！"

这下国王是真急了，不用侍卫搀扶，一溜小跑下了城楼，后面跟着的大臣们累得气喘吁吁。国王心里着实嫉妒得要死：要是再早来一会儿多好，又给了那妖人一次表演的机会！我为王十数年，还从未见过臣民们如此赞颂过我！

国王带着禁卫军队一行人浩浩荡荡地来到城门口时，异乡人正坐在毯子上悠闲地晒着太阳哪。

"异乡人，国王来了，还不接驾！"

虽然宰相这么喊，异乡人却未起身，只是抬了抬头，笑嘻嘻地对国王说："国王陛下，几天不见您似乎英容减损，难道还在为那番红花的事伤心吗？"

国王捏了捏拳头，强按住心头的怒火，勉强挤出笑容："上师啊，我乃边疆小国，着实眼界狭窄，之前误解了上师、怠慢了贵客，还请不要怪罪！呃呃，今天我来呢，是特来表达我的诚意，我愿与上师平分富贵，尊上师为我曳尾国之大法师！"

异乡人摇摇头："天大的富贵我都见过，你这区区小国，还入不了我的眼眶哩。我这一路上住过最华丽的城堡，光里面的会客室就有十二间，每一间的墙壁都是宝石和镜片镶成的，里面随便一件不起眼的摆件都是价值连城的珍宝，其价钱足能买你这样的城堡三五个。卧房更是多到数不清，曾经同时有十七国的朋友在那里做客。这且留不住我的脚步，更何况你这区区指甲一般的小小富贵！"

国王的心已经被愤怒和嫉妒撕扯到烂碎，脸上却还硬是挤出笑容附和："是啊是啊，上师如此仙人一般的英姿，如何能为小富贵所动！"

说话间，一个眼神丢给了宰相。

宰相会意，动手的时候到了。

两边将军带着卫兵，个个握紧了佩刀，几十双眼睛齐刷刷地看着这异乡人。

异乡人却慢条斯理地盘坐到毯子上，他说："仁慈的国王陛下，我今早起来还未吃早饭，这会儿腹中饥饿，陛下先请稍候，且等我先用点饮食垫垫饥，也好有力气走路。"

国王听罢果然起了兴趣，能这么近距离地看他的法术，当然求之不得："不急不急，上师先请吃饱喝足。我在此略等片刻无妨。"

异乡人刚要向毯中伸手，忽然停住了，他抬起头望望国王："只我一人独享也不好。来来来，国王陛下，带着你的将军和大臣们，一起到这毯子上来，我们一同享用。"

国王哧哧冷笑："上师这客套话就显得敷衍了。今日我携国中干将共八十余人迎上师入宫，你这方寸小毯，如何坐得下这许多人？！"

异乡人嘴角一勾："我这毯子有个收放自如的妙处，看似是小，却不论多少人都容得下，国王陛下，不信，您上来便知。"

异乡人碧色的眼睛如同雪山下的深潭，国王望着他的眼睛，像有一股吸力，紧紧牵引着自己。国王不自觉地向着异乡人的方向走去，后面跟着八十名将士，他们走啊走，不过一人多长的毯子，却怎么也走不到头。

国王和将士们，像在漫长的沙漠中跋涉，早丢了方向，步伐越来越沉重，脚像牢牢被吸进了地表之下。耳边一阵阵"唧唧、唧唧"的声音，脚心痒痒的，像是被线绳紧紧扯住了，然后是腿，再是腰身……直至整个人都被织进了另一个万丈红尘！

异乡人又是一莞尔。

他看看国王和他的八十名将士，再看看毯中的拉法哈莉："亲爱的拉法哈莉，瞧，我为你挑选的这支军队怎样？他们以后就听你调遣了。好吧，我们在这儿耽搁的时间够多了，该赶路了。不过在那之前，我要为你去摘咱们家乡的番红花。"

"那娇美又茁壮的番红花啊，开在深秋寂寥的牧场上，有的像雪山，有的像彩虹，有了它就有了心底涌动的喜悦。有一天我爱上了伊斯法罕城里的仙女，我只求变成她衣角边的番红花。我爱的拉法哈莉，我将永生永世用迷人的芬芳，引你低首垂怜……"

异乡人一路吟唱着远去，歌声飘荡在空旷的四野。过路的行人并不知晓，此时异乡人背起的丝毯中，拉法哈莉的手边，已添了一株盛开的番红花。

第三个故事：拉法哈莉的丝毯

拉法哈莉曾是伊斯法罕城中最美的姑娘，爱慕她的男子多如晴夜里的繁星，从王公贵胄到贩夫走卒，男人们的口头禅都是"成为无可匹敌的富商，不如娶拉法哈莉做新娘"，不过他们都不如地毯商人罕穆德爱得深沉。

罕穆德大概是伊斯法罕城中最爱慕拉法哈莉的男人，他用世代经商赚来的金币买了一处小铺子，与拉法哈莉家的花园仅一墙之隔，他每天候在窗边，只为能听到清晨时分拉法哈莉带着侍女来花园采花时的嫣然笑语。

拉法哈莉笑得那样清脆悦耳，像三月的春风吹过风铃。

她有时候说"娜迪亚，把艳红的玫瑰插到我的鬓边"，罕穆德就猜拉法哈莉今天穿的是白色镶金纹的衣裙。

她有时候又会说"娜迪亚，请把那蓝紫的鸢尾采一枝给我"，罕穆德就想今天拉法哈莉穿的是松绿的袍子和黑金色的马甲。

不过拉法哈莉最喜欢的是一件绣满各色花卉的深丁香色绸布衫，经常在重要节日外出时穿上它。那时她头上会戴着宝石镶嵌的花冠，手上有绿松红宝石的戒指，越发显得手指嫩如细蜜。

拉法哈莉那么美，罕穆德一直默默地爱了她多年，不放过任何一个可以仰视她绝代姿容的机会，直到听说了拉法哈莉要嫁人的消息。

拉法哈莉十八岁的时候，父亲答应将她嫁给伊斯法罕城城主的儿子，那青年也是痴迷拉法哈莉多年，心愿终于得遂。

婚礼定在两个月以后。

知道拉法哈莉的婚讯时，罕穆德如雷轰顶。他把自己关在屋子里，夜夜垂泪不已，此后再在早上听到拉法哈莉和侍女的声音时，便是如刀割般痛心。

不出半个月，罕穆德就已经憔悴得脱了人形，天天神思倦怠。这天晚间，他端着烛台去检查货物，无意间看到了自己珍藏的最宝贝的一块地毯，暗绿的底色，腰果花的边纹，上面织满了奇鸟异兽，那是他原本想象中用来布置自己和拉法哈莉婚房的地毯，而今却只能永久地睡在库房的最底层了。

罕穆德心中泛起一阵潸然，手里的烛台不知不觉中就歪倒在地毯上。当他反应过来的时候，已然满屋浓烟，他挣扎着往屋外跑，反被一卷毯子狠绊了一脚！

罕穆德的脑袋重重摔在地板上的那刻，他深深地遗憾："啊，我再也不能见到亲爱的拉法哈莉了，再也听不到她那风铃般美妙的声音了……"

再度醒来的时候，罕穆德以为是在做梦，但铺子还是自己的铺子，周围还是摞满了地毯，空气中还弥漫着些微烧焦的味道，自己却完好无损。待他刚起身，就听见耳旁有人抱怨："傻东西！真是个傻东西！差点把我烧死！我老太婆一年才来你这里一次，就要被你架到火上烧，几乎要把我烤成焗麦饼了！"

罕穆德吓了一跳："是谁？"

"是谁？萨拉是我，我就是萨拉本尊！"

眼前是一个花甲之年的老妇人，一身棕色的袍子，手里拿着一团羊毛线，手指灵活地用短钩刀在梳理着。老妇人看起来脾气不是很好的样子，眉头间有三道深深的竖纹，眼睛像鹰一样锐利，她盯着罕穆德说话的时候，眉毛一拧，声调很高："说吧，你是不欢迎我老婆子对吧？故意放火烧我、赶我走？你瞧你瞧，我袄子都被烧焦了一块！"

老妇人扯着自己的袖子给罕穆德看，上面果然有巴掌大小的一块焦黑。

罕穆德十分愧疚难安："这位萨拉婆婆，实在抱歉，我一时走神疏忽了，没看见您什么时候进店里来的。"

他觉得自己一定是刚刚醒来脑子还不活络，明明记得这几天自己闭门不出，店门都始终没有打开过啊。

"我老婆子想去哪儿还用得着走店门吗？你这个傻东西！你看你那门帘子都破了多少个洞了！灰尘都积了老厚！老婆子我还

嫌从那门帘走过弄脏我新制好的衣裳哪！可还不是被你这一把火烧坏了！你个傻东西！"

罕穆德皱起眉头："烧坏了您的衣裳我很抱歉，但请不要叫我傻东西！"

老妇人仍旧骂骂咧咧，罕穆德只好起身拉开抽屉把里面的钱币捧了一把给她："这些钱您拿去再做一件衣裳吧，当是我赔给您的。"

老妇人鼻子一哼，脑袋扭到一边并不接钱。

罕穆德叹了口气："也罢，这抽屉里还有些钱，您都拿去吧，反正我的拉法哈莉嫁人了，我也没有在这世上存在的意义了。钱，我也用不上了。"

"什么？你个傻东西！你这是要打算去死吗？"

罕穆德忽然发作，大声朝她吼道："不要再叫我傻东西！老太婆我告诉你，我就是个傻东西！我爱的拉法哈莉就要嫁给别人了，太阳月亮都没有光彩了，全世界都没有意义了！我就是个傻东西！可是我偏不许你这老太婆这么叫我！"

这下老妇人倒安静了下来，声音放缓了许多："好吧好吧，不叫你傻东西，虽然你确实是个傻东西。那么你来说说，到底那拉法哈莉是个怎样的姑娘，我这老太婆哟，到十个地毯店里，倒有九个店主在谈她，只是没人像你这么痴迷。你倒说说看，拉法哈莉有什么迷人之处。"

罕穆德沉思了半晌："拉法哈莉，我因为她的美貌爱上她，可是我相信，如果有一天她失去了美貌，我还是会像最开始的时候那样爱她。"

这话倒让老妇人沉默了许久。

"你想娶她做老婆？"

"这念头天天出现在我的梦里。"

"如果你可以独占拉法哈莉，你愿意付出代价去尝试吗？"

"我当然愿意，付出生命都可以。"

"那好，你去找一架织机和织丝毯的线来。"

"要这些做什么？"

"快去！傻东西！明早你就知道了！"

"不许叫我傻东西！"

"不想听我叫你傻东西就别想得到你的拉法哈莉……"

"……"

按照萨拉婆婆的话，罕穆德为她找来了织机和丝线，又把自己的房间让给她。这一夜就听见她在房间里摆弄着织机，嘴里絮絮叨叨着："丝线丝线你听我说，为这傻东西罕穆德，我要连夜把你们结成毯。那拉法哈莉让人着了魔，不过得到她也未必就快活……"

悲伤之下的罕穆德一夜未睡，眼望着拉法哈莉家花园的方向，默默守护到了天亮。

当萨拉婆婆走出房间的时候，天色才刚蒙蒙亮，她走到罕穆德身边，一脚踢过去："傻东西，进来看看！"

当罕穆德看到那丝毯的时候，几乎惊掉了下巴。它有双人床铺大小，上面织就的露台城堡无一不精妙，各色奇异花草都是波斯少见的珍奇，最妙的是，那些奇花异草、飞禽走鸟全都是名贵的珠宝镶嵌而成……没有人能在一夜之内织就这样的丝毯，哪怕全波斯最巧的织匠，也得至少三年才织得出这样大小的毯子，而且也绝非如此精美！而这叫萨拉的老妇人竟然在一夜之间织就，除非……罕穆德忽然醒过神来："啊！难道在我面前的就是传说中的毯神娘娘？！"

"小子，还算你有些眼力，还不是彻底的傻东西！"

罕穆德伏地跪拜，可随之眉头又皱上了："毯神娘娘啊！您即便赐我如此精美的丝毯又有何用？！我的拉法哈莉就要嫁人，即便拥有如此绝伦的毯子，也顶多能为她添一件嫁妆，这多叫人心痛神伤！"

萨拉婆婆眼神狡黠："小子你听着，毯神萨拉织出的丝毯，便是价值世无双。你大可以把这毯子送给拉法哈莉做嫁妆，出于感激，她从此也会和你做个聊天喝茶的朋友。如果你不甘心和她做个普通朋友,那就是另外一条路了。"

"当然!我怎能甘心和心爱的拉法哈莉只做个偶尔喝茶谈天的普通朋友?!我恨不得天天把她揣进怀里!我想要夜夜都让她睡在枕边!一想到她会成为别人的妻子,我连摧毁这个世界的心都有了!"

萨拉婆婆叹了口气:"也罢!小子你过来,我教你几句口诀,学会了,别说拉法哈莉,就是你想要整个波斯王国,都不怕得不到呢!"

萨拉婆婆如此这般传授,罕穆德连日来阴霾的脸色终于放晴。如日破云,笑颜顿开。

萨拉婆婆临走前说:"**记住,世上有两桩悲剧:得不到你想要的和得到了你想要的。**如果有一天你后悔了,就来森巴都找我吧。"

"森巴都是哪儿?"

"太阳和月亮同在的地方,就是森巴都了。"

太阳和月亮怎会同在?

不过罕穆德懒得管这些了,得到了拉法哈莉,这世上还能有什么事能让自己后悔呢?

伊斯法罕最美丽的姑娘就要嫁给城主英俊的儿子了，拉法哈莉却也说不上是多么高兴。虽然要嫁给城中最尊贵的男子，但想到从此会少了那些爱慕者的追随，也不免感到失落。

"拉法哈莉啊拉法哈莉，以你的美貌，只有王后的身份才能相称。如今只是做这城主的儿媳，也是不免遗憾啊！"偶尔无人时，拉法哈莉暗自叹息。

幸而城主的儿子英俊且上进，是伊斯法罕未来的继承人，也可略微安慰拉法哈莉的失落了。

临近婚期，按照波斯的风俗，拉法哈莉的父亲会为女儿准备一条最名贵的地毯做嫁妆。可全伊斯法罕的地毯商人都送来了最珍视的收藏，拉法哈莉一连看了七天，仍旧没有一条称她的心意。父亲着急得不行："亲爱的拉法哈莉宝贝，不要任性啦女儿，暂时选一条差不多的，等以后看见有中意的，阿爸再买来送给你好不好？"

拉法哈莉撇着嫣红的小嘴气鼓鼓地说："没有满意的地毯，别想让我嫁给城主的儿子！"

事情僵持不下，拉法哈莉的父亲只好派人再去伊斯法罕以外的城市，遍求织匠为女儿寻觅名贵的地毯。

这天早上，拉法哈莉在花园中散步，听到墙外传来隐隐约约歌唱的声音："我有世间无二的丝毯，只有它配得上伊斯法罕的第一美人。那翠鸟的眼睛是海蓝宝的蓝，正如同那美人儿的眼睛，像大海到了夜晚。树上结出了红宝绿松的果子，正如那美人的发间缀满了花环。镜片镶嵌的城堡如同王后的寝殿，只有那美人儿才做得了这城堡的主人……"

拉法哈莉越听越觉得有趣，伊斯法罕城的第一美人，说的不正是自己嘛！她顿时来了兴趣，叫来娜迪亚，问墙那边住的是什么人家。

"好像是个地毯商人，铺子很不起眼。"

"你去把他叫来，让他把店里最好的地毯拿来给我看。"

"哦？这样的小商人手里能有什么好货色呢？"娜迪亚嘀嘀咕咕，不过还是照着拉法哈莉小姐的话去请罕穆德上门了。

这是罕穆德第一次与拉法哈莉这么近距离地说话，他感觉自己整个人都在发抖，他脸色赧红，不敢正视拉法哈莉的眼睛，生怕让拉法哈莉瞧出了什么端倪。不过拉法哈莉早已习惯了男人们在她面前的各种失态，眼前这个相貌不算格外英俊，却也算得上顺眼的男人，眼神里流露出的那种几乎发狂的痴迷，完全符合对于拉法哈莉美貌的最高赞美。

这份赞美令拉法哈莉甘之如饴，她一面让娜迪亚去拿些茶果来给客人吃喝，一面又不免得意地故意把声音放得柔媚："刚才是你在唱歌吗？"

"啊，我举世无双的拉法哈莉小姐，正是我粗陋的嗓音在歌唱啊！"

"那歌里唱的词儿听着有趣，是你编的？"

"拉法哈莉小姐，歌里唱的句句是真，我手里确实有这样的一张毯子。"

拉法哈莉兴趣顿生，当然要看看才行。

当罕穆德把毯子铺开在花园的草地上时，拉法哈莉之前的优越感顿时一股脑儿地被收缴了干净！她觉得眼睛快要移不开了，耀眼的宫殿、夺目的花鸟，全部用珠宝缀成，此刻的拉法哈莉几乎嫉妒起这块丝毯来："啊，这世上比我更美的，恐怕只有它了！"

拉法哈莉心中翻江倒海：这块丝毯无疑必须是属于她的！她不能容忍这举世无双的丝毯会铺在其他女人的客厅，哪怕对方是王后都不行！然而她也明白，这名贵无匹的丝毯必定价格极其昂贵，她珠宝匣里的所有首饰加起来，也不及丝毯上一小株花朵上缀着的珠宝名贵和繁多。她知道，虽然父亲疼爱自己，但想要买得起这块地毯，即便父亲倾家荡产也不够！

拉法哈莉语气顿时谦逊下来："这位先生，这么美的丝毯也是我生平所见之唯一了，想来一定是极其昂贵吧？"

"要说价钱，如果是卖给国王，恐怕拿他的王宫来换也不够，若是我心仪的拉法哈莉小姐喜欢，您尽管拿去，我分文不取。"

这话简直比拉法哈莉第一眼看到这地毯时还令人震撼！她灵巧的嘴唇实在找不出可以应答的话语，半天只能吞吞吐吐："可是，可是，这礼物也太贵重了……"

"您堪比星辰的眼睛不该用来盯着它的价钱，您是这世上无双的美人，试问除了您，拉法哈莉小姐，还有谁能有资格在这地毯上踱步呢？来吧，我举世无双的女神，不要想别的，不妨移步，用您漂亮的双脚在这丝毯上走走试试，感受一下它的质感……"

罕穆德的话在耳边回响着，拉法哈莉双眼紧紧盯住这丝毯，好像那里面有一股摄人心魄的吸引力，深深扼住人的心魂。她一步一步走到这地毯中央，看似不大的一张毯子，走在脚下却如同真正的城堡庄园般那么旷阔而遥远，她似乎已经在其中跋涉了好久，耳边是虫鸟鸣叫的声音，鼻腔里全是雨后泥土潮湿腥香的味道，花草正从湿松的土里钻出来，眼前的城堡如此恢宏，让她一路走得香汗淋漓。

她已经走得累了，想休息却停不下来，耳边隐隐是罕穆德口中的念念有声，但她并不晓得他说了些什么。罕穆德的世界离自己越来越遥远，外面的一切全都封闭了。一个隐隐约约的声音告诉她:"拉法哈莉,这里将是你永恒的归属……"

娜迪亚把茶点端来的时候,罕穆德正在收拾丝毯,一点一点小心翼翼地卷起来。

"咦?拉法哈莉小姐呢?"

"她说要去找父亲商量点事情,先上楼去了。小姐没看上这毯子,我先告辞了。"

"好的先生,我送您。"

这是娜迪亚意料之中的"一间小小的地毯铺子能有什么好货色",不过得赶紧找一下小姐,裁缝马上要来量尺寸裁衣裳了。

那天伊斯法罕城中发生了一件大事:城中的第一美人、即将嫁给城主儿子的拉法哈莉,凭空消失了!

城主命人搜遍了城中的任何一个角落,也包括那天曾经去过拉法哈莉家花园的罕穆德的铺子,可任何一个角落都找不到拉法哈莉的影子。这个举世无双的美人的失踪,从此成了伊斯法罕城中无解的谜。

时间在一点一点淡忘拉法哈莉,后来,她的故事只会被人们偶尔提及。伊斯法罕城里的男人们开始谈论起了其他姑娘,城主的儿子也早已娶亲,妻子是拉法哈莉之后,伊斯法罕城的又一颗明珠。

世上从来不缺故事,就像男人眼中从来不缺美人。 但也有例外,比如罕穆德,他还一如既往地、像热爱太阳和月亮一样,爱着被自己锁在了毯中的拉法哈莉。

罕穆德听毯神萨拉说过,拉法哈莉偶尔也可以从毯中出来,那得是太阳被路过的黑神袖袍遮住、月亮被捣鬼的女巫藏起的片刻。一年中仅仅有偶尔的时日,拉法哈莉会挣脱开毯中的魔法,回到这大千世界,好像她还是伊斯法罕的明珠,纵情地歌舞、热烈地呼吸!

最初当拉法哈莉跳出毯子的时候,指着罕穆德的鼻子痛哭大骂!都是这个骗子,用魔法把自己幽禁在了那华丽的墓穴中。那里面有享用不尽的荣华和寂寞,在那里面,纵然是伊斯法罕城中灿若明珠的美人,也无人欣赏她的美丽!

随着时间一点点将她遗忘,当她知道了伊斯法罕的明珠早已易主,当她知道未婚夫早已另娶了别的姑娘,当她知道父母在经历了痛苦之后如今已然恢复到了平静的生活……拉法哈莉,渐渐死心了。她接受了现状,她知道,除了接受,别无他法。世人已经忘记了她的故事,好像她从来不曾存在过一样。

只有一些偶然的机会才可以短暂地逃脱出毯子,那时的拉法哈莉已经不再对罕穆德咒骂,对他说话时语气也温和了许多。

"哦,罕穆德,我虽然恨你怨你,但这些年过去也没有别的法子了。我一个人在里面待得实在烦闷,你想想法子,给我解解闷才好。"

于是罕穆德用咒语把毯子装满了各种美味的瓜果饮食以及各色年轻女孩们喜欢的玩具,他关闭了地毯店铺,背起住着拉法哈莉的丝毯。他要带拉法哈莉去旅行。

他为拉法哈莉送去了她最爱的波斯猫,又沿途捕获了一只波斯鹰做她的宠物,有一次路过密林,他捕获了一头狮子做拉法哈莉的坐骑。

在毯中的魔法世界里,拉法哈莉是一切的主人,她可操控毯中一切生灵,罕穆德为了弥补毯中人的寂寞,拉法哈莉想要的礼物他都尽其所能去满足,几年之后,这毯子上的内容更比萨拉婆婆最初织就的丰富了无数。

又是一个月亮被吃掉的夜晚,拉法哈莉袅袅娜娜地从毯中走来,她坐到罕穆德身边,久久无言,空对着漆黑无光的夜。

"罕穆德,既然你能把我送进毯中,就一定知道把我释放出来的办法对吗？如果你知道，请把我释放出来吧。我愿意做你的妻子，反正现在我也已经没有家了，又在这不知何乡的陌生地方。你放我出来，我哪儿都去不了，我也哪儿都不想去了。你把我锁在毯中，不就是想占有我吗？那为什么不让我在尘世中陪伴你、做你的妻子呢？"

拉法哈莉的话似乎是罕穆德这么多年来一直所期盼的，他盼望着她能应允做他的妻子，在尘世中和她生儿育女直到白发老去。罕穆德想起了萨拉婆婆临走前的话："如果你后悔了，来森巴都找我。"

森巴都是哪里？

"是太阳和月亮同在的地方。"

罕穆德开始了漫无目的的跋涉，他一路走一路打听："你可知道森巴都吗？你可知道太阳和月亮同在的地方吗？"

他问牧羊人的时候，牧羊人摇头说"不知道"。

他问赶着单峰驼运货的客商时，客商摇头说"不知道"。

他问在雪山边等着新鲜雪水流下的浣娘时，浣娘摇头说"不知道"。

……

他在烈日和酷寒中跋涉了几个炎夏和凛冬，没有人知道太阳和月亮同在的地方是哪里。他几乎绝望，而拉法哈莉在毯中的容颜也越发憔悴忧伤。

　　终于某一天他昏倒在一个驿站旁，驿站的老板娘带着孩子出门探看，对儿子说："去，弄碗水给他。"

　　小男孩的一碗水救醒了罕穆德，他倚在石墙边上休息了片刻，盛夏的浓光酷热弄得他很不舒服。

　　"大叔，你要去哪里？"小男孩问他。

　　"我呀，我要去太阳和月亮同在的地方。"罕穆德答得有气无力，他觉得自己必须得找块阴凉的地方休息休息了。

　　"噢，原来是要去那里呀。不过那里很远，你今天恐怕是走不到的，不过你是大人，腿脚快，我想你明天下午总能走到的……"

　　罕穆德坐在石地上，他觉得自己整个人都动弹不了了！不是因为身体的疲乏，而是曙光冲破暗夜，豁然惊醒！

　　"我的小天使啊！你知道太阳和月亮同在的地方是哪里？！"

　　"知道呀，我去过呢！要穿过这片沙漠，在那一片沙丘的尽头，像海一样辽阔的地方，在那里，你会看到太阳和月亮一同挂在天上。"

　　"仁慈的萨拉婆婆啊，是你在给我这个痴心人透露讯息吗？

拉法哈莉，走，我带你去寻找我们的自由！"

罕穆德背起毯子再度出发，这一次，他觉得背上沉甸甸的重，上面全是催人泪下的希望！

罕穆德穿过海一般深邃的沙漠，记忆的片段一点点延展开来。

他第一次在大巴扎往来的人流中见到拉法哈莉，那时她还那么小，只是一个将将长成的少女。但那一眼，成了他一生的宿命。

他守候在拉法哈莉家花园墙外的窗前，第一次听到了她夜莺一般的歌喉，那时候他已暗下决心：此生为这个女人去死都行！

他听到拉法哈莉即将成为别人的新娘时，第一个念头是：在她嫁人的路上，我要把她抢回自己的家门！

…………

太多太多的回忆如深海般涛涌，又如沙漠般荒芜。是的，他对拉法哈莉，有满腔满心的热爱，可他和拉法哈莉之间，唯一的故事，只是他把她锁在了毯中，成了他爱的囚徒。

"拉法哈莉，也许明天之后，一切都会不一样了。"

罕穆德背着这样沉如巨石的念头，一步步跋涉到了小男孩所说的地方。

空旷的沙漠里除了天空就是黄沙，罕穆德躺在黄沙之上，他的身体深深地嵌入沙土，他并没有看到太阳和月亮同时出现的场景，他也已然没有力气去怀疑小男孩所说的是真言还是谎话。他在暄软的沙堆上睡了又醒、醒了又睡，他睡得安稳、醒得也坦然，他觉得自己一生都没有过如此安详平静的时刻。

在不知第几天的时候，梦中的罕穆德被一阵水流声唤醒，睁开眼睛，他笑了："是啊，我终于来到了。"

要去往太阳和月亮同在的地方，最后一程，必然只有心才能抵达。

如今他到了那里。

沙漠上空艳阳仍在，但天空的方向却通往另一个彼岸，那里草木繁盛，有数不清的丛林原野，那里有一些男男女女正穿梭往来，那里还有淡白的月亮悬挂在树梢。

罕穆德站起身，只是轻轻迈步，就似乎走到了密林深处。月光下有织机的声响，他知道，这一定是萨拉婆婆所住的地方。

他守在树旁轻声说："曾经有人告诉我，世上有两桩悲剧：得不到你想要的和得到了你想要的。——我得到了我想要的，但我还想更贪心一点，我想把我得到的，变成欢喜。"

树干处闻声而动，打开了一扇门，萨拉婆婆从里面走了出来。她还是老样子，眼神如鹰："傻东西，那就是你贪心了。"

"萨拉婆婆，求您帮忙，解除这丝毯的魔法，让拉法哈莉重回这人世间吧！"

毯神萨拉摇摇头，嘴里嘀咕着："贪婪的人世啊，什么都想要，就什么都得不到！"

不过她还是对着罕穆德展开的毯子一挥手，里面似乎有织线脱节的响动，不一会儿工夫，波斯鹰嗷叫着飞出，狮子嘶吼着跃出，波斯猫伸着懒腰踱出，数不清的美食蔬果被匆忙逃散的国王和士兵们踩得稀烂……最后是拉法哈莉，慢慢地起身，她似乎要出来的样子，眼中满含着惊喜，柔嫩的小手朝着罕穆德伸过来，她几乎就要整个儿扑进罕穆德的怀里了！罕穆德闻到了她身上醇醇的汗香，他惊喜不已，他得偿所愿……就在此时，拉法哈莉的身体忽而又开始往后坠下，缓慢地缓慢地，又被一寸一寸结成了丝织的模样，先是她穿着靴子的双脚，再是她绣着花蝶的裙摆，直到她的腰际……

罕穆德急了："萨拉婆婆，还有拉法哈莉！她还没有出来！您快帮帮她，让她离开这毯子啊！"

萨拉摆了摆头："唉，真是个傻东西啊！难道你还不明白吗？囚禁她的并不是魔法，而是你的爱！"

罕穆德绝望地望着毯神："如何？如何才能释放她？"

"你放弃对她的爱，她顷刻就可解脱。"

罕穆德望过去,正对上拉法哈莉乞求的眼神,她多么渴望罕穆德能够在今天释放她,永远地还她自由。罕穆德深深叹息:"拉法哈莉,我知道,放弃对你的爱,是对你最大的尊重。可是很抱歉,我着实做不到。"

就在拉法哈莉的双手即将被彻底织进毯中的时候,罕穆德的手一把拉了上去,他口里念着咒语,他的身体就随着拉法哈莉一起坠向那华丽的墓穴。

拉法哈莉的眼神从惊愕慢慢变成了绝望。

罕穆德的手不再松开,紧紧抓住了她的。不论是在毯子之外,还是在毯中漫无边际的未来……

第四夜

白山茶的婚礼前夜

第四个故事：第五个姑娘

白山茶的婚礼前夜

朝颜的故事格外漫长，但大家都听得毫无倦意，一个个心思全在拉法哈莉的身上。当朝颜终于讲完了自己经历的故事，长长地呼出一口气后，她说："世上的女子都渴望嫁得好夫婿，被捧在手心里当宝贝。可真遇上一个太爱你的人，也未必是福气。"

"这世上有多少人以爱的名义，占有、控制，其实都是贪婪。就像蜜蜂拼命地吮吸花汁一样，我们却偏偏分不清什么是爱、什么又是贪婪！"最年长的安玉和姑娘颇有感触。

"当你想要控制一个人时，也就被他控制了。其实谁都未曾得到快乐，还不如我们这般无挂碍无烦闷地独自生活。"温缇娅接着说。

朝颜也点点头："为了使灵魂平静，要远离你极爱的一切。这话果然不假……"

未等朝颜说完，白山茶和白玉芍两姐妹已经坐不住了。她们是堂姐妹，年纪只相差一岁，面目也略有相似，两个都白净可人。她们与名门闺秀朝颜不同，是小门小户殷实人家的碧玉女儿，原本白玉芍许嫁的是父亲药铺的学徒，白山茶则要做水粉店的老板娘，只是后来一出岔子，两个姑娘又在闺中待了七八年。

两姐妹自幼一起长大，争零嘴也争话唠，又都是嘴快话急的，说起话来叽叽喳喳倒也活泼喜人，白家伯母和婶娘为此日夜叹气："唉，这俩丫头都是自小争嘴抢话争得个炮仗脾气，将来到了婆家可怎么好！"

这样急三火四的姐妹俩，竟把各自的秘密牢牢实实瞒了七八年，阖家上下着实深以为异。

白山茶是家中幼女，上面三个哥哥着实护着妹妹，吃食衣裳都让着妹妹来，娇养的性子如那高门富户的千金小姐一般。白山茶到了堂妹白玉芍面前也并不谦身礼让，一概是在家受宠么妹的样子，撒娇撒泼的，倒弄得她更像是妹妹。

这白山茶最爱胭脂水粉，每日在家里便嚷嚷着要嫁就嫁给开脂粉铺子的，父亲哥哥们竟然真的去挨街挨巷地打听，找到一家水粉店的少年老板，年纪还比白山茶略小一岁，面皮白净、言谈堆笑。白山茶在家里听说了非要亲自相看才肯放心，终于还是哥哥们护送着在水粉店门口足足看了半盏茶工夫才扭脸回家。一进门又嚷嚷着出嫁时非得要母亲六只大箱装满衣裳料子、零嘴蜜饯才成。

而后就是婚礼前那一夜。

这七八年间，白家伯母是喉咙嚷破了、眼泪哭干了，实在想不出明明是闺女亲眼相中的夫婿，为啥说不嫁就宁死也不嫁了呢？！

幸而这七八年间，白山茶和白玉芍总在一处，做针线、闲打趣倒也颇慰心怀，渐渐地年岁长了，姐妹俩的性子略沉稳了些，寻常日子里偶尔也知道谦让了。不过今夜不同，话到喉咙口如滚滚潮水，想拦住都难，终究还是堂姐白山茶占了先："哎哟哟，我的故事想来短一些，便是我先说吧。"

第四个故事：第五个姑娘

有个孤身的老农,一生没有娶妻,但他的女儿很多,这些女儿都是南瓜藤上结出来的。

女儿们一个个水灵灵的清秀,平常都爱穿金黄色的粗布衣裳。她们个个身量轻巧,时常一堆人爬上院子里的藤架,坐在上面说说笑笑,高声歌唱,引得街坊四邻昂头仰望羡慕不已。

众人都说那里面尤其是第五个姑娘更加娇丽,村子里没有女孩子比得上。

老农孩子太多,没有足够的食物喂养她们,平时饮食就是薄汤寡面而已,但孩子们吃得别提多美,清汤寡水照样把她们养得健康茁壮,并且第五个姑娘的美丽与日俱长。

终于有一天,村子里最殷实的富户来替儿子求亲了,他的儿子因为爱慕这第五个姑娘，每天不思茶饭，几乎要病恹恹地倒下了。

老农这才想起，每日里孩子们玩笑唱歌时，总有个高瘦的少年趴在墙边羡慕地向里张望，他的眼神总是黏在第五个姑娘身上，片刻不肯离去。直到每天太阳落山，姑娘们要休息了，他才依依不舍地离去，一步三回头。

年轻人的父亲向老农保证，一定会让他的女儿婚后过上穿金戴银的贵妇生活。

老农却觉得这门亲事不太好："我的女儿贫寒日子过久了，怕是那贵妇生活她过不惯哩。"

年轻人的父亲再三恳求，希望老农能够再考虑一下。

老农被他纠缠不过，就说先征求一下女儿自己的意见。

他把这第五个姑娘叫来："你可愿意嫁给那位每天痴痴瞧着你的青年？"

"有什么愿不愿意呢？既然这青年果真那么爱我，嫁给他也没什么不可以。"

第五个姑娘对这门亲事无疑是开心的，家里姐妹太多，日子过得贫苦，父亲也没有能力给予孩子们更好的生活，如果真的嫁到富裕人家里，那可就是与现在完全不同的天地了。

"难怪隔壁的婶婶总说：第五个姑娘啊，上天不会白白让你长得那么美的。"第五个姑娘想到这儿就暗暗得意。

老农看到女儿一脸喜悦之色,知道自己很难改变她的心意了,也只好叹着气答应了。

婚期就定在下月。

到了迎亲那天,第五个姑娘穿上夫家送来的新衣裳,金色的百褶长裙上用各色丝线绣满了花草飞虫,又用玫瑰和松绿滚边,头上插着珍珠镶嵌的钗钏。第五个姑娘实在美极了,街坊四邻纷纷赶来道贺,四邻的女人们都说:"第五个姑娘啊,上天不会白白让你长得那么美!"

老农的脸上却没有太多喜色,道贺的人们都能理解:自己最漂亮最心爱的女儿嫁人了,怕是没有哪个父亲能开心得起来。

女儿临出门前,老农对女婿说:"我这些女儿,自小都是粗茶淡饭养大的,过不惯富贵的生活。今后她到了你家,风吹日晒雨淋都不怕,多做些活儿也无妨,饮食只管面汤清水即可。"

女婿以为岳父是故意在说反话,当下连连摆手:"不会不会,我定会好好爱惜妻子,保准让她幸福又健康!"

直到迎亲的队伍走远,老农才对着他们越来越小的背影深深叹了一口气。

第五个姑娘嫁到夫家，果然过上了前所未有的富贵生活。丈夫爱她如同眼珠子一般，专门找了两个丫鬟伺候她。第五个姑娘不再干粗活，小手越来越细嫩，手指也套上了翡翠金玉的戒指，指甲用夹竹桃染成了浅红色。丈夫又说她的脸皮细嫩，如果不总是晒在太阳底下，一定会更白皙如雪。于是第五个姑娘就再不曾在日头正高的时候出过房门，即便非要出门，也有专门的丫鬟替她举着伞仗，她的小脸果真越来越白似雪一般。

第五个姑娘从此锦衣玉食起来。刮风的日子里她紧闭房门与丈夫吃果子聊天，下雨的时候她躲在房中听村里的戏娘唱曲。每日里饭桌上必备四碟四碗，第五个姑娘最爱其中一道羊肉卷，是煮好的羊肉切成薄片和腌制的小黄瓜卷在一起，酸的开胃、鲜的香口，百吃不厌。深爱着她的丈夫，便吩咐了厨娘，顿顿饭必须备着这道羊肉卷。

转眼第五个姑娘已经出嫁快两个月了，某一天娘家的姐妹们结伴来夫家看望她。第五个姑娘听到了消息，翻出箱子里最好看的秋香色纱衣，精心打扮了一番，由两个丫鬟搀扶着来到前厅。姐妹们一阵叙旧。

到了饭响，第五个姑娘苦留不住，姐妹们说："父亲说今天天阴，怕是有雨，要我们一早回去帮着收拾翻晒的粮食。得趁早赶路了。"

第五个姑娘便撇嘴说:"姐姐妹妹们,你们也是花朵一样的娇人儿,何苦过那如砂石一般的日子。不如我跟夫家公公说一声,也帮你们找到富贵的夫家,总强过天天风吹日晒磨糙了自己的皮肉。"

姐妹们并未答话,只说这还要回去问问父亲的意思。

姐妹们结伴回到家后,就跟父亲七嘴八舌地议论起来。

"五姐姐的衣服可真漂亮啊,比她出嫁那天穿的那件还要精致。"

"连五妹妹的两个丫鬟都穿金戴银,走到哪儿都殷勤地搀扶着她,大概皇宫里的皇后也不过如此吧!"

"五姐姐家的茶点真好吃,饼里竟然有橘子果的味道,可真香啊!"

…………

姐妹们兴奋地议论半晌,二姐姐有点害羞地跟父亲说:"五妹妹还说也要给我们介绍这样富贵的夫家呢。"

老父亲听着听着眉头拧成了一团,他问:"你们觉着老五身体气色怎么样?"

大姐姐最后告诉父亲,五妹妹的脸白白的,比在家的时候白了嫩了。但总觉得,那种白看起来恹恹的。

过了几天，老农亲自拜访女儿的婆家，他想接女儿回娘家小住几天。公婆和丈夫愉快地应允了。

第五个姑娘坐上了马车，车上装满了礼物，跟着父亲一路回家。回到家给姐妹和父亲分完了礼物，第五个姑娘开始犯愁了：以前都是跟姐姐妹妹们一张炕席上睡卧，如今嫁人后再看自己自小长大的卧房，那破了洞的席子、打着补丁的被子、时不时落灰下来的墙壁……第五个姑娘直拧着眉头说："简直不是人住的地方！"

到了吃饭的时候，父亲像往常一样端上面汤，其他姐妹们说说笑笑，把面汤喝得又响又香，第五个姑娘嫌弃地看着姐妹们，忍不住抱怨她们吃相粗鄙。她只尝了一口便又放回到桌上了，那面汤清淡无味，哪比得上平日里自己吃的四碟四碗！没有羊肉卷的饭桌，第五个姑娘当然也没有任何食欲。

饭后姐妹们一起爬上藤架，像往常一样眺望远山、放声歌唱。第五个姑娘架不住姐妹们一而再、再而三的催促，慢吞吞地也爬了上来，她气喘吁吁地坐在姐妹身边，不住地拿衣袖遮住脸庞。姐妹们问她这是为什么？第五个姑娘皱着眉头说："姐姐妹妹们，这时候的太阳还很大，你看看你们那一张张小脸，被晒得又粗又红。将来哪个富家公子会爱上你们哟！"

到了晚上，第五个姑娘与姐妹们挤在一张炕席上，辗转反侧睡不着，觉得夜好漫长。父亲天不亮便喊她们起来去摘棉花，姐妹们备好干粮和水准备出发，第五个姑娘却坐在凳子上说什么都不肯起身。

她眼含着泪，怒冲冲地对父亲说："阿爸，如果你真的足够爱自己的女儿，就不应该让她们每天睡破草席、天不亮就起来摘棉花。她们可以有更好的归宿，可以过上像我一样的生活，可是你却让她们的手指磨得粗糙、脸盘晒得黑红！我不会跟她们一样傻傻地跟你去摘棉花，上天眷顾我，当初幸亏我当机立断抓住了幸福！而这里，我再也不想回来了！"

第五个姑娘说罢收拾了东西起身出门，父亲和姐妹们不论怎么喊，她都不回头。她一路走啊走，朝着夫家的方向，即便遇上了雨淋湿了她好看的衣裳却仍不愿停脚，她奋力想快点回到丈夫身旁，第五个姑娘觉得，有了丈夫的宠爱，自己才算真正活过。

终于在大雨将住的时候回到了丈夫身旁，丈夫搂住她，心疼得忙前忙后替她拿换洗的干净衣裳，第五个姑娘心里暖和和的，同时也发誓，今生再也不回那个自私的父亲家里了！她在暗暗发誓的同时，丝毫没有察觉到自己被大雨淋湿的脸庞是多么红润迷人。

第五个姑娘和她的父亲姐妹们，自此像两条平行线，再无交集。

那年的第一场雪快要来临的时候,第五位姑娘的父亲和她的姐妹们收到了她的死讯。女婿在岳父面前哭到几乎昏厥,他泣不成声地描述第五位姑娘离世的那一天。

那时妻子已经病了多日,大夫看过之后并未觉得有什么大症候,只是提醒她要出房门走动走动、晒晒太阳,平常饮食清淡些即可。这第五位姑娘不由得生气,跟丈夫抱怨:"这显然是位庸医,我只觉得浑身没有力气,腿脚都是软绵绵的,可见是精气虚耗,应该补养才是,怎么这庸医偏要我去那日头底下晒、去那风地里吹,又要吃那没有养分的饮食,信了这庸医的话,才是要归西不可!"

第五位姑娘坚决不肯听信大夫的建议,照旧每日窝在厚厚的绸缎被褥中,窗户都不能略打开一丝,饮食比之前更加大补,四碟四碗如数加倍。远远看去歪坐在床前的她确实丰腴白嫩了不少,眉目间却没了往日的灵动之气。

那天第五位姑娘的丈夫得了一个新鲜花样的风筝,是五彩蝴蝶的式样,格外好看,为了哄妻子开心,丈夫就在院子里放起了

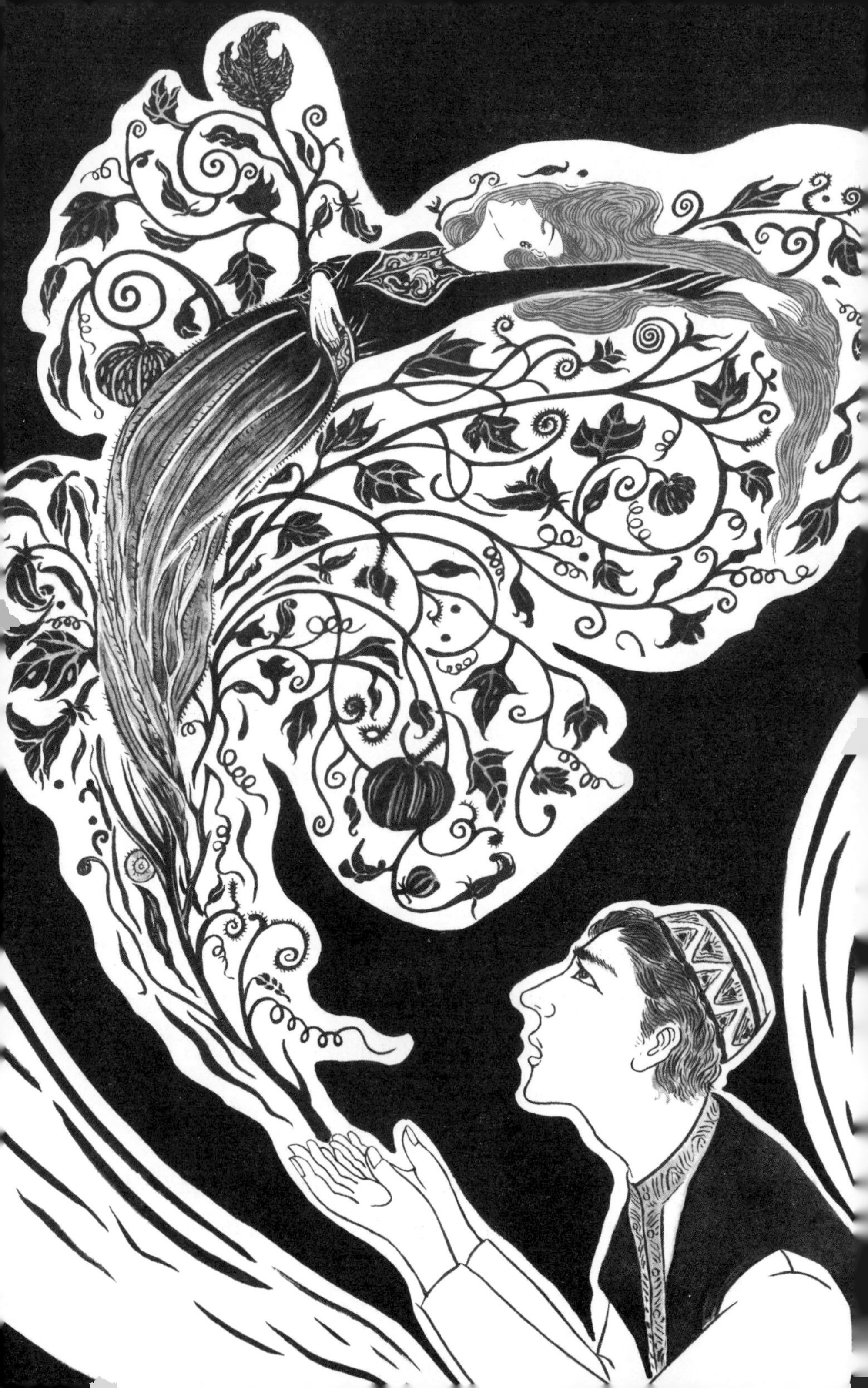

风筝,他说:"我最亲爱的宝贝,我先在院子里放给你看,等转过年春天了,你的身体也好起来了,咱们一起去山林里放风筝。你一定比这风筝更美丽。"

第五位姑娘听了这话心里美滋滋的,也就拖着病躯来到门口,让丫鬟们搀扶着自己坐在绣墩上,看丈夫给她放风筝。

凛冬时节风大,那大蝴蝶在天空中一会儿疾飞、一会儿慢游,第五位姑娘看着渐渐开心起来,脸上溢满了笑容。恰好此时一阵疾风,第五位姑娘浑身一阵打颤,丈夫扭头看她时一分心,风筝线没拉住,哐当掉在了院里的藤架上。

丈夫从小不善攀爬,在底下折腾了半天,眼看大蝴蝶就要被扯烂了,第五位姑娘一着急:"好啦,别扯啦,还是我爬上去拿下来吧。"

"这多危险,你还病着!"

"不用你管,我从出生起就跟着姐姐妹妹们在藤架上玩,这有什么!"

丈夫便不多言,确实,在娶到妻子之前,他一直默默在远处看了她很多年,那时她每天跟姐妹们在藤架上歌唱、嬉闹,身子轻巧得如同在地面上奔跑一般。

第五位姑娘跟跟跄跄地爬上了藤架,觉得体力似乎已经耗尽了，身上似乎只剩了那件赭色衣衫的重量，她喘着粗气向风筝的方向攀爬，耳边响起了小时候和姐妹们在藤架上的歌谣："三月雨，四月风，吹开衣裙一盏盏。渴饮露、饥食风，阳光阵阵保平安……"

第五位姑娘此时忽然意识到了什么，眼泪扑簌扑簌流下来，她感觉身体正被无限的悔恨所掏空，她哀叹了一声："唉，我是南瓜花姑娘啊……"

一阵疾风扫过，她随着风飘落下了藤架，身子轻薄如花，翻滚着落到地上。丈夫奔过去瞧时，见地上只有一朵已经干透的南瓜花……

第五夜

白玉芍的婚礼前夜

第五个故事：玉波凉

白玉芍的婚礼前夜

及至白山茶讲完,白玉芍便开口了。

"唉,姐姐呀,你好歹也是被人疼爱着离开的,要说起我那一夜所经历的生活,真真能让活人气死,又能叫死人气得活过来啊!"

虽是同族姐妹,白玉芍家里却人口冷清得多。白玉芍的母亲没有儿子,一家只这一枝花骨朵儿,自然是千疼万疼,说什么也不肯将女儿外嫁。幸而白玉芍的父亲开有一间小小的药铺,他亲手带了五六年的一个学徒,样子清秀,行事勤谨,话也不多,白家婶娘因此中意,觉得可做上门女婿托付家业。

白玉芍起初说什么都不肯,任母亲软硬话说遍了也不点头。她终日哭哭啼啼:"凭什么白山茶姐姐能嫁去水粉店做老板娘,我就只能嫁个学徒、招个上门!"

白家婶娘一听也红了眼圈:"我的心肝儿丫头啊!你以为我和你父亲愿意你低嫁啊!还不是为了你这后半辈子能畅畅快快过生活啊!真嫁去了另府别家,婆婆姑子一堆,就你那娇养的性子,怎能伺候得来那一大家子?"

白玉芍跟母亲僵持了足足几个月,其间也听到不少街坊家的女儿们回门时的嘤嘤哭诉,婆婆挑剔、小姑事多,万一再生不得儿子……也罢,招个学徒做上门女婿,顶多是被白山茶笑话个一年半载,从后面的长久日子看,倒也是舒舒服服的好光景。将来未必不比白山茶过得有福气。

"唉,我当时着实觉得低嫁不过就是损失些颜面而已,终究过起日子来定定是万无一失的。可谁能想到,婚姻事,就算是低到泥地里,也未必能得人知恩图报……"

第五个故事：玉波凉

玉家姑娘正在河边洗衣裳，一个正值壮年的男子上前来搭讪。

"妹子，我看你篮子里有皂荚，能否借用一下？"

"这有啥不可呢？"玉家姑娘爽快地答道。

那男子道了谢，就在河水边和玉家姑娘并肩洗涮起来。他长袍下角有污渍，也并不脱下来，就这么弓着身子凑在河水边濯洗。

玉家姑娘觉得好奇："这位大哥，把脏衣服换下来洗不好吗？"

"妹子你不知道呀，我今天出门走亲戚，刚才路过一片污泥地，弄脏了长袍衣角。这样子如何见得了人啊？这会儿日头正好，稍微洗上两把，走在路上的工夫也就晒干了。"

玉家姑娘看这男子洗起衣服来干脆利落，不由得赞叹："哎呀呀，我长这么大，还是头一次见男子洗衣裳呢！"

"那有啥办法？婆娘走得早，就剩下我跟儿子辛苦度日，可不是又得当爹又得当妈！"

趁着洗衣服的工夫，这男子就跟玉家姑娘闲聊起了家常。

这男子姓鄂，与玉家姑娘邻村而居，是村子里的教书先生。男子发妻早逝，留下了襁褓中的孩儿。这鄂生也是命舛，后又娶了两位妻子，都因意外相继去世。如今儿子八岁了，还是他一人抚养。

听完他的遭遇，玉家姑娘心下就有几分同情。想到自己也是父母双亡，依附着姐姐姐夫度日，不由得同病相怜。再加上这鄂生看起来三十岁上下的年纪，面庞清秀儒雅，说起话来语气又柔缓，更让玉家姑娘多了几分好感。

那之后，玉家姑娘又在河边巧遇过鄂生几次。有时候看他拿着些衣裳来洗，玉家姑娘就主动抢过来替他一并洗了，鄂生就在旁边给正洗着衣裳的玉家姑娘讲古书上有趣的故事。每次鄂生来到河边，玉家姑娘的衣裳都洗得格外慢些，以致连姐姐都抱怨："这丫头一天跑哪儿疯去了！"

几次三番，玉家姑娘遇见鄂生的次数越来越多，心下就明白这鄂生是对自己有意，故意来河边相见。玉家姑娘就直刺刺地问他："鄂家大哥，你喜欢我是吗？"

鄂生并不否认，只是满眼含情地望着玉家姑娘。

"既然如此,那我就嫁你吧。你回去定个日子来迎娶我便是。"

这玉家姑娘有些不同寻常的来历。母亲生她时恰在河边浣洗,突然一阵腹痛难忍,直躺在地上打滚,半个身子都淹到了河沿儿。就在母亲奄奄一息时,从河里走出一个鱼婆,手里攥着些河底的稀奇药材,玉家媳妇吃下后,就顺顺当当生下了个清秀白嫩的小女儿。

玉家媳妇当然千恩万谢。那鱼婆说:"我跟这姑娘有缘,就算我是她的姨母吧。"

因生她那日正值深秋,玉家媳妇滚在水边时觉得河水冰寒,就给小女儿取名为玉波凉。玉波凉自小在河边玩耍,有时候姨母也会从河底上来看望她。玉波凉与姨母感情很好,有解不开的难题,也爱去问问姨母的意见。

如今玉波凉已经十七岁了,父母早已亡故。她只有一个姐姐,长她七岁,已嫁为人妇。玉波凉回去跟姐姐姐夫说了自己要嫁人的事情,姐姐姐夫只是询问了迎亲的日子,便再无话了。

亲事已定,玉波凉又跑去河边,跟姨母说自己即将嫁人。

听了玉波凉的话,姨母却频频摇头:"不妥不妥,这门亲事你还是再思量思量吧。这世上的男子,没有不宠爱独子的,儿子才是他们的命根子。你小小年纪就嫁过去做继母,怕是要被榨干的。"

可是玉波凉的性子倔强,她决定了的事情,姨母也劝不动。

玉波凉还是如期嫁给了鄂生做续妻。

鄂生给儿子取名鄂敏春,取其"才思敏捷、春风得意"之寄。鄂生满腔野心抱负,可惜时运不济,只能屈居在这小山村做一介教馆先生。他余生最大的期望,就是儿子敏春能够子承父业、翰林拔萃。他对儿子寄予了太高的期望,总是人前人后地说:"我家敏春注定是要去长安城的,他要去长安读书、去长安做官,成为长安城里的大人物!"

敏春这孩子也十分聪明好学,只是性子闷闷的,从不多言语,村子里没人见他笑过。于是大家都说:"有才能的人总是少年老成吧。"

玉波凉嫁过来之后才惊奇地发现:敏春的容貌简直就是他父亲的翻版,眉眼鼻唇,几乎就是一个少年鄂生。

玉波凉见过很多长相相近的父子母女,但如鄂生父子一般相像的,还是第一次。看到敏春的样子,就能想象鄂生童年时的秀雅；看到鄂生的神态，就能想象敏春二十年后的沉稳。玉波凉经常开玩笑说："你们父子俩面对面站着，倒像是照镜子一样。"

做了敏春继母的玉波凉，也果真像亲生母亲一样疼爱他。

玉波凉嫁进鄂家数月，日子倒也恬淡安稳。只有一样，让她渐渐为难。

鄂生平时教馆为业，每月束脩也不短缺，却从不把银钱拿回家。玉波凉起初倒也不计较，手边有些许父母留给她的嫁妆，一家三口的花销也并不艰难。鄂生总说想着把每月的束脩存起来给敏春读书用，毕竟去长安路途遥远，花销也大。作为继母，玉波凉当然也是支持。

日子一天天地过去，玉波凉的嫁妆一天天消耗殆尽。她发现鄂生对她的深情也比之前淡了许多，有时候似乎会故意为难她。

某次敏春发烧害口渴，鄂生递给玉波凉一个竹篮子："去打些水来给敏春喝。"

玉波凉惊愕："世上见谁有用竹篮子打水的？"

鄂生偏偏坚持说，敏春发热的时候必须要喝竹篮子打来的水才能好，他亲生母亲在世的时候，就用这个法子给他医病。鄂生说话的口气，似乎是玉波凉这个继母对继子不上心似的。

玉波凉只好接过竹篮子,来到河边,口中呼唤:"姨母姨母,玉波凉遇到解不开的难事了。"

姨母从河中缓缓现身。

听说了鄂生的无理要求,姨母是气愤难当:"让你当初不听我的话!这个男人的狐狸尾巴露出来了吧?"

"姨母先不要这样说,他看着敏春病了,大概是急糊涂了。平时他对我还是蛮好的。"

"傻妮子,亏你还能替他讲话!"

"姨母帮帮我吧,怎么才能用这竹篮子盛了水回去?"

姨母拗不过她,只好口念咒语,玉波凉面前的河水结成了一方硬实的冰砖,她喜滋滋地跟姨母道了谢,装上冰砖就急急忙忙赶回了家里。

玉波凉把冰砖凿开,一小块一小块地喂给敏春,当夜敏春的身体果真降了温。鄂生问她这五月里哪里弄来的冰,玉波凉只说是从邻村的富户家的冰窖里求来的。鄂生便不再说什么。

过了些日子,鄂生傍晚才回,进门就丢给玉波凉一件长衫:"路过荆棘丛,衣衫被刮破了不少,务必连夜缝补好,明早还要穿这件。"

玉波凉拿来一瞧,那衣衫果真破损得不行,恰巧家里棉线用尽了，便说："家里棉线没了，我去集上买了再补吧，明天先穿另一件也是一样的。"

哪想到鄂生大发脾气，连声嚷她"不懂持家"，厉声责怪她连家里棉线用尽了都不知去补买，男人要这样的妻子何用！

玉波凉忍着一汪眼泪，拿起衣裳走到屋外，不知该如何才好，可天色已晚，又不好去求姨母帮忙，心里垂丧不已。借着月光，她绞着长长的发辫暗自焦急。

发辫？！

玉波凉突然心下一凛。回屋拿起剪刀，揪起自己粗粗的一缕发辫便是一剪刀。她以发丝为线，借着月光，一根根纫到针眼里，用了整整一夜的工夫，才把衣衫缝补齐整。

第二天一早，玉波凉递过长衫，鄂生愣了片刻，继而对她翻了一个白眼："这不终究还是有法子吗？！我看你就是想偷懒！"

玉波凉心疼地抚摸着自己缺失的那一缕长发。村子里的女孩都如爱护自己的肌肤脸蛋一般爱惜头发，轻易不舍得它损失分毫，可昨夜玉波凉却用了半条辫子做了棉线缝衣裳，心下一阵阵刀割般的痛。

又过了月余，鄂生照旧白天在教馆，玉波凉照料一家的家务。这天午后敏春与邻家的孩子们一起上山玩耍，不多久却一路哭着回来了。玉波凉急忙迎出门去,见敏春满身泥渍,额头上肿起拇指肚大小的一块包。细问之下,原来是一群孩子顽皮打闹,摔倒在了泥石边。

玉波凉从小也是田间河边长大的,自然身上的磕碰伤疤也不少,她不觉得这是什么大事,就哄着敏春不哭,给他做了一碗甜酿,看他换下了脏衣服去温书了。

等到鄂生回来,却是一场暴风疾雨临门。看到敏春额上的伤,原本粉嫩饱满的额头生生鼓起指印大小的一个包,鄂生急红了眼,照着玉波凉就是一记窝心脚!

玉波凉不提防这一脚,惨叫一声摔在门框上,腰骨被撞得半天直不起来。她愕然不已,这是鄂生第一次对她动粗,曾经那个温文善语的男子与眼前这个暴烈阴冷的恶魔简直无法等同!一旁的敏春吓得不敢发一言。

鄂生指着玉波凉怒吼:"你这歹毒的婆娘,竟然把个孩子磋磨成这样!连个孩子你都照管不好,你配做继母吗?!"

"小孩子顽皮打闹也是寻常事,谁小时候没有磕磕碰碰过……"

"你还敢狡辩!我敏春天生福相不凡,如今天庭受损,这就是福泽受损!你看顾着孩子破了相,将来可是要耽误我儿子的前程!"

"好好,是我照顾不周到。以后一定……"

"还有以后？！你做梦吧！我告诉你，不管你用什么法子，务必把我敏春的伤处医好，不能留一丝的疤痕，不能有一分的凹陷。今天之内医不好，我便要休你回门！"

玉波凉跟跄着爬起来，一瘸一拐地跑出家门，她又来到河边，凄声对着水面哭喊："姨母啊姨母，你可在吗？快告诉我这一关该怎么过去啊！"

半晌听见水中有了动静，那是姨母在水中叹气。

玉波凉讲述了自己有史以来最凄惨的这一天。姨母面庞上已然没有了怒气，眼神里和声音里，全是一片悲凉。她从身上拔下几块鳞片，递到玉波凉手上："拿回家去吧，搁在火上烧化，等鳞片融了，涂到伤处，保准一觉醒来就和先前无二样了。"

玉波凉刚想要道谢，却被姨母打断："这是我们最后一次见面了，姨母大限就要到了，鱼王昨日通知我，要我收拾齐整，准备化泥了。"

玉波凉听姨母说过水族的规矩，鱼类的寿限到了，便化作河底的泥尘，经年累月结成厚厚的河床，以夯实着河水万年不息。只是玉波凉从来不曾意识到，有一天自己依赖的姨母也会永远离开。

玉波凉只觉浑身发冷，颤抖着一句话也说不出来。

姨母深叹一声："傻妮子啊，**走错的路掉头重走便是，硬是**

要走下去才是死路啊!"

说完这句,姨母就沉入了水底,永远地沉入了。

伏在河边的玉波凉,大概并未听懂这句话的真意。

当晚,玉波凉融了姨母的鳞片,给敏春敷上。果然第二天醒来,敏春的额头光洁如初,再看不出一点伤过的痕迹。鄂生问她使了什么法子,玉波凉只是敷衍道自己娘家有个治跌打的秘方,用了便能有效。鄂生沉吟了半刻,并未再问其他。

那之后,玉波凉照旧操持一家内外,只是如同没了心魂一般,不言不笑。

到了这一年的盛夏,鄂家已然揭不开锅了。玉波凉无钱再买米面,自己的嫁妆早就彻底贴补尽了。鄂生仍不往家中支援一分一厘,只会骂玉波凉挥霍无度不持家。玉波凉也不辩驳,眼睁睁地看着鄂生带敏春去外面吃喝,父子二人菜肉米面顿顿不缺。不过鄂生却从未给玉波凉带回半块饽饽。

断炊几日工夫,玉波凉身上的肉都已瘦干。敏春有一次偷偷掖了半块馍馍,还没送到玉波凉嘴边,便被鄂生一顿训斥:"你继母这是病重身弱,这么硬的馍馍喂给她,还不活活噎死她!回屋读你的书去!"

敏春一缩头,再也不敢在饮食上照应玉波凉。

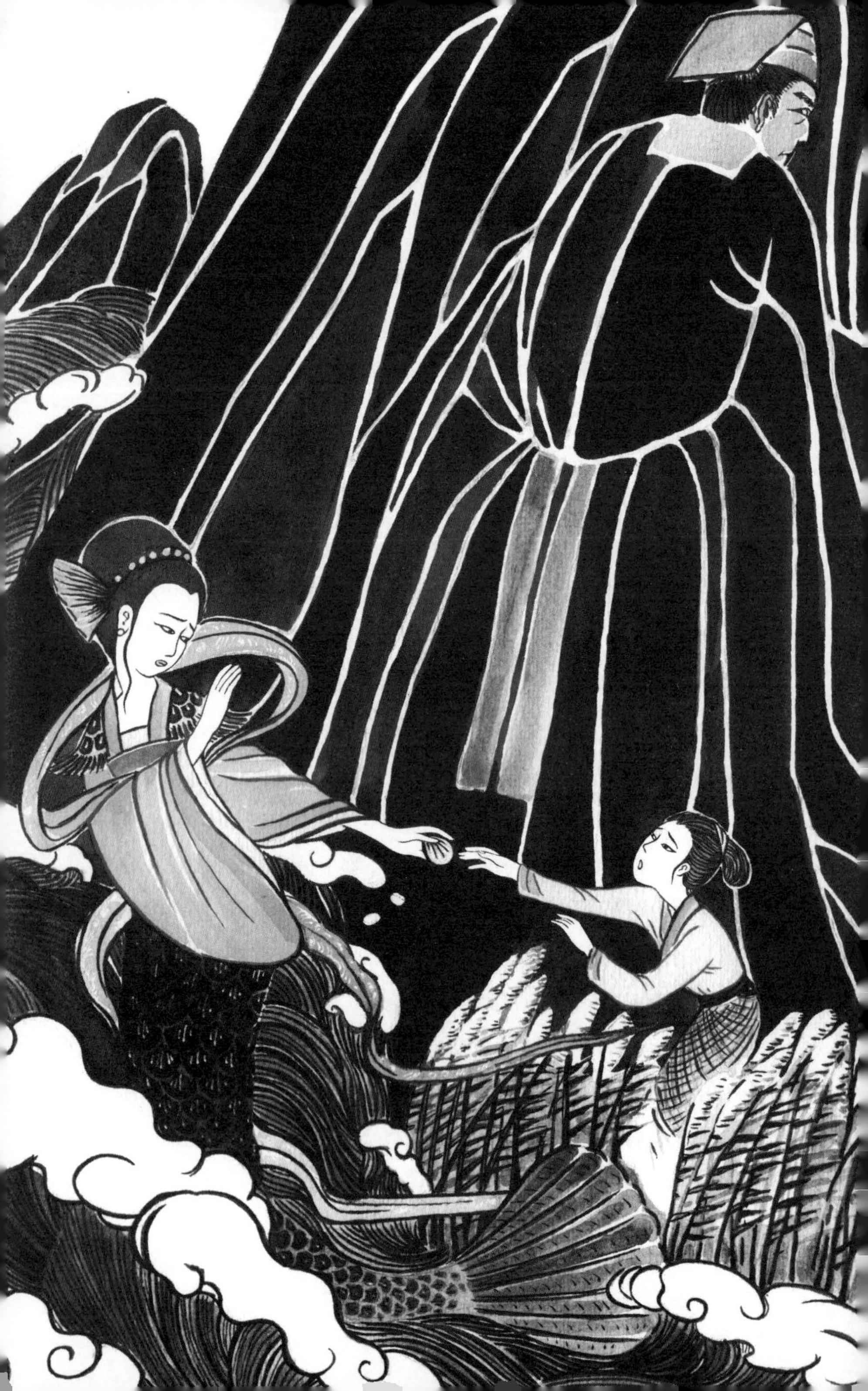

玉波凉弥留的最后时刻，早已经数日说不出话了。她耳畔不断地有个声音在重复着，那是姨母对她最后的规劝：走错的路掉头重走便是，硬是要走下去才是死路啊……

然而一切已晚。

鄂生立在她的床前，面对着即将逝去的第四任妻子，他说："你早知难而退也就罢了。为什么女人个个都这么痴傻蠢笨？我不过是想得一些陪嫁资财而已，你们却偏要搭上性命才罢！"

此时的玉波凉忽然猛一睁眼，倒把鄂生惊了一跳。她使尽最后的力气说："你……过来，我有话说……"

鄂生犹豫了半晌，终究还是一步步挪到了玉波凉跟前，他探身过去，玉波凉猛然一挣扎，立起了半个脑袋，她凑到他的耳边，嘴巴张了半天。鄂生等了又等，却不见她言语，半天只漾出一滴泪，落入了鄂生的脖颈处，又顺着脖颈一路下淌，直到心窝处。

那滴泪真凉啊！有一股扎心的寒意！哪怕三九天的大雪，也不及这般刺骨！

鄂生猛一个寒战！

玉波凉轰然倒下，了结了一生，终究没说出什么。

从那天起,鄂生就一直嚷冷,把过冬的棉衣穿了也不顶用,又把最厚的棉被翻出来裹上,还是冷。几天后,鄂生冻死在了三伏天。敏春发现的时候,鄂生已然浑身结满了冰霜……

第六夜

温缇娅的婚礼前夜

第六个故事：木匠和他的妻子

温缇娅的婚礼前夜

白玉芍的故事讲完,姑娘们个个愤愤不已,直言世上若真有鄂生这样狼心负义的男人,该接受大法官的审判才行!

吵嚷声中,唯有温缇娅沉默不语。

温缇娅,是靡香国里第一个失踪的新娘,魔咒自她而始,但却没人知道她经历了些什么。

但凡识得温缇娅的长辈,无不认定她会是个好妻房。尤其那些街坊邻里的姑姑婶婶们:"我们一辈子什么时候看走眼过?娶妻不要光看脸盘模样,杨柳腰哪比得上裁衣手?光会娇滴滴哄汉子的婆娘没几个是能夫妻恩爱到头的!"

温缇娅的样貌并不甚美,身量高大、阔肩丰背,脸庞倒也是白的,五官却是淡的。不过这并不妨碍提亲的人踏破门槛。百姓人家,媳妇的精干比脸蛋要紧。温缇娅在娘家时洗衣裳张罗饭,比新娶的嫂嫂还能干。论针线也是秀巧，温缇娅裁剪的衣裳腰是腰、袖是袖，整条街的姑娘都赶着来找她裁嫁衣，温缇娅热心热肠，来者不拒。

婆婆妈妈们心里最得意的媳妇人选温缇娅，终究还是没穿上自己裁剪的嫁衣裳。

这会儿她终于开口了："我呢，倒跟白玉芍妹妹你有些相似，但我所经历的，只会比你坏上十倍。那故事里的痛苦，几乎令我一生再不想做女人。是啊，做女人究竟有什么好？！尤其还是个善良的女人……"

第六个故事：木匠和他的妻子

木匠和他的妻子住在寒冷的森林里，他们在温暖的上半年干活、积攒粮食，为寒冷的下半年蜗居不出做准备。年复一年，森林里的生活，代代如此。

木匠化腐为妙的手艺毋庸置疑，奈何这广袤的林居生活艰苦，周围人家越来越少，大家都搬去了繁华热闹的城里，需要家具的人并不多。木匠的手艺经常是用不上的。

木匠的妻子高大而健康，是一位贤惠能干的女人。这一年的冬天，她跟木匠商量着也要搬进城里去住，那里人多，生意也会多起来的。

"唉，城里当然是好。可是我们炕底下这点散碎的零钱，怕是连熬过这个冬天都难，还拿什么搬家呢？"

去城里生活光是赁房子的钱他们都拿不出。

妻子想了半响:"不如我去问问乳娘,看看她有什么办法。"

木匠的妻子,是森林里的熊婆带大的。那熊婆会说人的语言,年岁虽然大了,却比人类更有智慧。

妻子第二天一早,就穿戴上厚厚的棉装,口袋里塞满了榛壳。越往森林深处走,她越吸着鼻子四处探望,最终找到了一个方向,那里有她熟悉的味道。她一路走一路往厚厚的雪地上撒下榛壳,一直走了两顿饭工夫,终于来到了乳娘最近常住的山洞里。

乳娘拿出新鲜的鹿肉给她吃,木匠的妻子吃饱喝足后,跟熊婆说明了来意。

乳娘的嗓音和她的手掌一样粗厚:"这不难,只要找到了金雀木就行。"

"金雀木是什么?"

"金雀木的树干有我的腰那么粗,树皮像我的皮毛那么黑,叶子在冬天也不会凋落,如果砍断它的树干,会发现里面的树纹是金丝状的,不论横着砍还是竖着砍,纹路都像一只只金闪闪的云雀。"

木匠的妻子听了很欣喜:"这样的金雀木做了箱柜,一定能卖很多钱啊!"

"那可不!这个世上,怕是只有国王才有福气用金雀木做的家具哩。"

"乳娘，金雀木在哪儿呢？"

"金雀木长在离这儿很远的东方。"

"要怎么才能找到呢？"

"一直沿着这林子朝东走，走上两个月的光景，直到看到梅花雄鹿遍布时，就要转向南方了。约莫再走半个月，当越走越热，不得不脱掉身上所有的厚衣服，只剩下贴身短衫时，就会看到森林里有大片大片五彩的云雀，羽毛鲜艳得像你从来没见过的绸缎。这些云雀每天晚上落脚歇息的地方，就是金雀木了。"

木匠的妻子听完乳娘的话，欣喜非常，再三感谢。

乳娘却说："**金雀木百千年生长在东方，不移不变，不过人心就不一定了。当你们过上了富裕的生活，还能否像现在一样信任和亲密，这就不一定了。**"

木匠的妻子想了想："谢谢乳娘的提醒，我会想办法的。"

从乳娘家出来太阳已经快要下山了，木匠的妻子照旧沿着刚刚撒着榛壳的印记一路回家。

妻子和木匠细细密密商量了整整一夜，第二天一大早就开始准备干粮和盘缠。木匠的妻子卖掉了家里仅有的牲口，又把自己唯一一件貂皮长袄托人去城里当了。木匠这就要动身去找金雀木。

临行前妻子问木匠："若是找到了金雀木，我们就会有很多钱了是吧？"

"当然，我的婆娘。以我的手艺，用金雀木做的家具，能卖给国王也说不定呢！"

"若是有了很多钱，我们会搬到城里是吧？"

"当然，我的婆娘。那时我会找工人盖我们自己的房子，屋子里全摆着我亲手打制的家具。"

"若是搬到了城里，城市里的姑娘应该都比我们林子里的漂亮吧？"

"当然，我的婆娘。我每次去城里送货，看到那街上的姑娘媳妇都像年画里的龙女一样好看。"

"若是你有了很多钱，又有了自己的房子，里面摆着你亲手打制的家具，那么，应该会爱上城里像年画一样好看的姑娘吧？"

"那怎么会呢，我的婆娘！姑娘再好看，也是人家的。你的样貌再家常，也是我的结发妻子啊！"

"可万一你遇上了一个姑娘，她的腰身儿像柳条儿一样软和，走起路来都携着香风，这样的姑娘你会不动心？"

"当然，我的婆娘。我保证不动心。"

"可万一你遇上一个姑娘，她的皮肉儿像棉花一样白软，这样的姑娘连我都忍不住想捏上一捏，你会不动心？"

"当然，我的婆娘。我保证不动心。"

"万一你遇上一个姑娘，她的声音像山雀一样好听，说出的话来像蜜汁一样甜化你的心，这样的姑娘你会不动心？"

"当然，我的婆娘。我保证不动心。"

木匠的妻子因此才放了心，装好盘缠让木匠上路，自己关起家门，安心等丈夫带着金雀木回来。

木匠牢记着熊婆的指引，先朝着东边走了两个多月，直到在林间看到了大片大片的梅花雄鹿，成群结队煞是好看，知道这时该朝南走了。又走了一些天，看了二十多次太阳起起落落，夜里困倦了就爬上个略低矮的树杈胡乱睡一觉。终于在一个放晴的大早，木匠被好听的鸟鸣声吵醒，一群群的云雀朝着太阳飞去，它们在一株株粗壮的树木中间绕来绕去。木匠赶紧跳下树杈，仔细把那些树的样子瞧了又瞧：这树看着皮黑如熊皮，干粗如熊腰。

木匠再次爬上树杈，拿出斧头，砍下了一截小树枝，里面纤细的纹路，果然闪着金光！木匠兴奋不已，赶紧做好了记号，火速跑到山林外去找运送的工人。

半年后，木匠回到了家里，带回了千里之外的三株金雀木。那金雀木的纹路果然如云雀的翅膀一样耀眼，闪着金灿灿的光晕，横看竖看都华美如画。木匠和妻子兴奋非常，木匠连夜找出了工具，开始打制一套古今绝伦的精巧家具。

又过了大半年，这套家具已经全部制做完成，橱柜箱笼样样精妙，果真如木匠想象中的一样美不可言！木匠和妻子天天商量着定要卖个好价钱才行。

恰逢国王的王储婚期将近,王后对新房的摆设怎么也不满意,全国范围内征选能工巧匠,要为儿子的新房打造一套举世无双的家具。木匠得到了消息,连夜赶去京城推荐自己的宝贝。几天后王后派来了使官,一进木匠家的院里,就被这一套闪着金光的华美器物震住了!

无疑,这套金雀木的家具,就这样摆进了王储的寝宫。

这套价值连城的家具,让木匠和妻子彻底过上了富裕的生活。他们如愿搬进了城里,住在国王亲赐的宅院里,还有两个侍女和管家来伺候。木匠从此不再做那些普通的小活计,他现在只为国王的宫殿打制家具,自此成了城里备受尊敬的富户。

此后的三年,木匠日益丰隆的不止资财家产,还有后院的妾室们。

搬进城里的第二年,木匠家里迎进了第一房小妾,那是城里秀才家的女儿,能识千余字,看起账本来一目十行。论相貌也是美的,最是那腰身如柳,细如春风。木匠爱不释手,亲自为她另起了个"三月柳"的名字,夜夜与她相伴。

木匠的妻子当然愤愤不平，责怪丈夫违背当初的誓言。

木匠辩解："我的婆娘，并非是我违诺，实在是你肚皮不争气，生不出孩子可叫我把这天大的家业留给谁？！"

木匠的妻子听闻觉得理亏，虽然心中愤懑，却也只能闭口不言。

三月柳进门的第二年，木匠又娶进了第二房小妾，这是城中棉布商的女儿，平常说话不多，极爱甜食，样貌最是温柔丰腴。木匠见她性情和软好似棉朵，皮肤灿白胜似冬雪，就叫她"腊月雪"，还专门每个月拨钱给她买点心零嘴儿吃。自从腊月雪进门，连三月柳都被丢在了一旁。

面对妻妾的责问，木匠此时更理直气壮："熊婆娘们叫唤个啥？！谁叫你们肚皮都不争气！难道让我百年之后无人可继不成？！"

于是腊月雪安安稳稳住下了。

又是多半年后，甜似蜜进门了。这是糕饼店老板的女儿，她平常跟着父亲叫卖兜揽生意，嘴甜如蜜，客人们都说，听她说话比吃她家的糕饼还觉得耳酣心甘。这第三房小妾一进门，立马就占尽了木匠的全部宠爱，木匠连自己的体己钱也交给她管着。这引得木匠的妻子和三月柳、腊月雪满肚子怨气。

如今木匠已经有一位正妻和三房小妾了，可依旧没有儿女，小妾们平时无所事事，除了吃零食、裁衣裳、吵架斗嘴也并没有其他事可做。即便如此，木匠还是宠爱小妾们，他买最好的布料给三月柳裁衣裳，于是三月柳一年四季的衣裳从来都是最新鲜的式样。又不断地把应季的新鲜吃食一盒一盒地送进腊月雪屋里，养得腊月雪越发丰腴白润。甜似蜜更是精明，小嘴儿舳甜，哄得木匠开心不已，金银首饰不知给她打了多少。

唯有结发妻子被冷落在一旁，木匠也已经三年未曾进过她的屋里。木匠妻子身上的穿戴，还是三年前的旧装，木匠只是说："你上了年纪，穿戴新鲜衣料也未必好看了，还是留给她们年轻小人儿们穿吧。"

木匠每天与三个小妾一起吃喝，都是可口的荤菜甜食。而木匠的妻子单独在房中用餐，饭食一年不如一年，都是些贱价的菜蔬干粮。家里的进账全把在木匠手里，每月的账目也都让三月柳管着。木匠的妻子无钱又不受疼爱，觉得自己快要煎熬死了。

三个小妾们平时争衣裳、争点心闹得鸡飞狗跳，唯独在木匠妻子这件事情上心齐得如同胞衣姐妹："啥时候这多事的老婆娘死了才好！"

她们三人甚至当着木匠的面这样嘀咕，木匠也并未指责她们的不是，照样把她们搂在怀里，紧紧的。因此三个小妾对木匠的妻子愈发轻蔑。

木匠态度越来越冷淡,妻子不是不知道。自打三月柳进门起,木匠就再也没来过妻子的屋里。这天,妻子对木匠说:"咱们来城里已经三四年了,趁着眼下天气还不冷,我想回家里看看。"

木匠知道她说的是当初林子里的家,他没有反对:"既然你想回去,不用着急回来,多住几天也没关系。"

木匠正跟三月柳核对账目,假装想不起要给妻子路费盘缠。木匠的妻子在跟前站了半响,也没再多话。第二天,她拿上自己几年来积攒的一点零碎银钱,雇了车回家。

妻子回到了森林,木匠和三个小妾个个都高兴非常。平时他们总嫌这婆娘在家碍事,甜似蜜更是说:"这老婆娘走了,耳根子总算是清净了。平日里总听她唠叨咱们如何铺张奢侈,又是如何霸占汉子。瞧她那张夜叉脸,是汉子也吓跑了!"

"就是呀,老爷爱我们才迎我们进门,做妻子的不知道迎合丈夫的心,反倒一味刁难。这世上的妇人偏她作妖作怪的!"

"都说黑心的人面也黑,瞧她那锅底一样的脸,就知道心肠如何了。"

腊月雪哧哧笑着，被甜似蜜白了一眼："就你白！莫不是天下人都不如你心善！既如此，何不把老爷上月给你添置的衣裳首饰都拿来给我们姐妹分了，这才算你善心柔肠！"

三月柳也和甜似蜜站了一边，一路帮腔，急得腊月雪满脸通红，木匠却一把搂住她狠狠捏了她雪白的膀子一把，顺势冲着三月柳、甜似蜜说："行了行了！好好的点心酒菜不吃倒吃起醋来！"

三月柳和甜似蜜依旧不依不饶，木匠拖着长调说："好了好了，明天给你们每人做一套新的袄子裙也罢。"

三人听闻，满脸堆上笑，蜜糖一般争相黏到木匠身上，肆意奉承讨好。

再说木匠的妻子回到森林里，依旧在林边把口袋装满了榛壳，一边朝深林处走，一边撒下榛壳。当她到了乳娘的家里，天已经黑了。几年不见乳娘的面，木匠的妻子好一顿哭哭啼啼，讲出了自己的委屈。

熊婆并不觉得意外："早跟你说过，人最是容易负义，尤其是男人，见了金钱美色，怎么会守着承诺？！"

"那么乳娘，我难道就得这样委委屈屈熬死吗？这煎熬的日子真是生不如死！"

熊婆听了之后，转身从桌子底下翻出个篮子，里面装了些蘑菇。那蘑菇看着是蓝茵茵的样子，在林子里住了几十年，木匠的

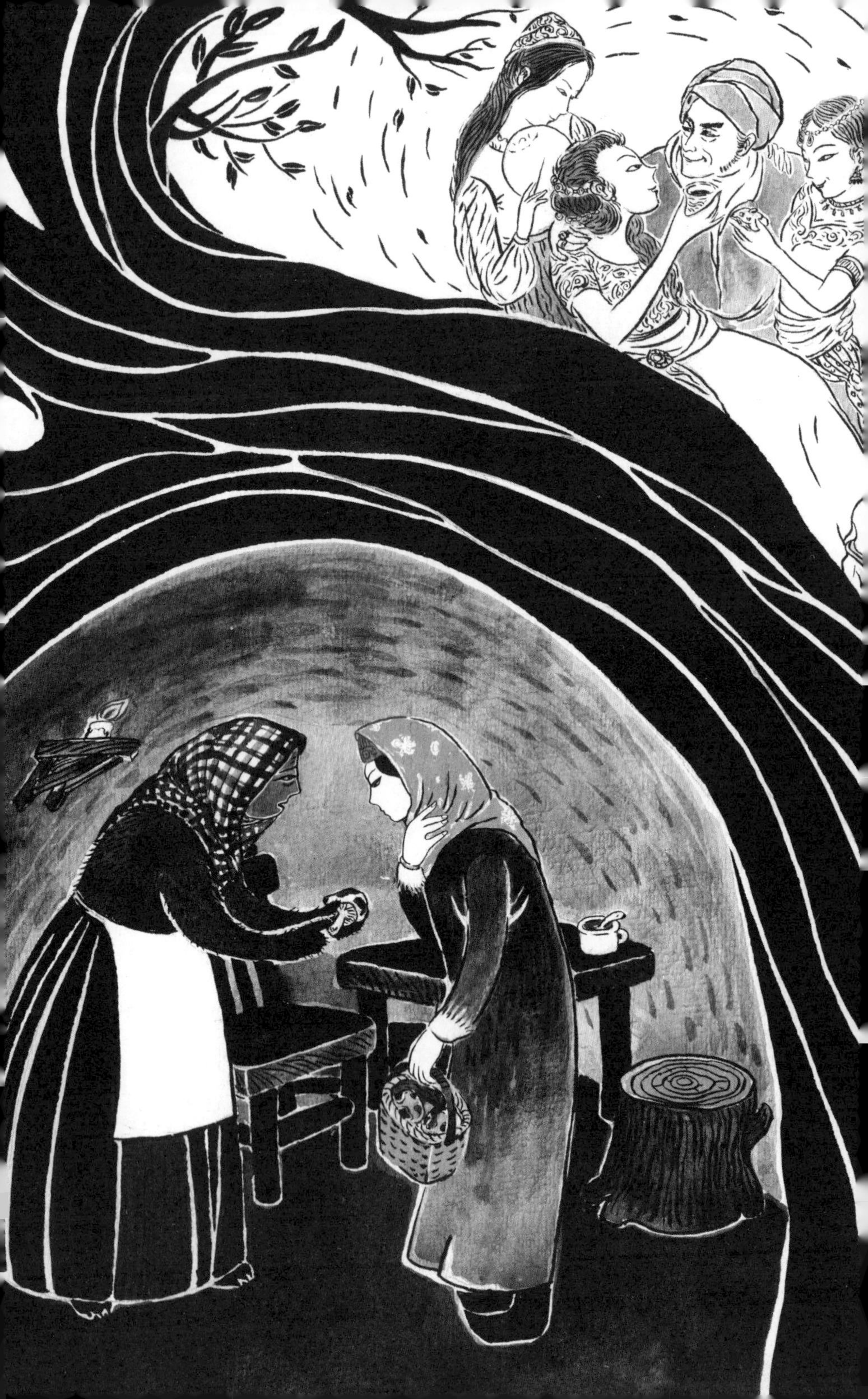

妻子也从来没有见过这样的蘑菇。

"你带回去,把这个蘑菇烧了饭菜与你男人一起吃。记住,一定要与他一起吃,也不要让其他人尝。随后该怎么办,你就自己斟酌吧。"

木匠的妻子还想再问,熊婆却摆摆手阻止。木匠的妻子只好拿上蘑菇,第二天又雇上车回了城里。

看着妻子这么快就回来了,木匠和三个小妾并不开心。不过木匠的妻子这一次并不理会他们的冷眼,回家后第二天她跟木匠说:"老爷,今天是我的生日,从林子里带了新鲜的蘑菇回来,晚上来我屋里吃饭可好?"

木匠本想拒绝,可看见妻子今天说话的语气格外恭敬,满脸堆着笑纹儿,也就不好拒绝。木匠别别扭扭地冷着脸答应了。

当天过午以后,木匠的妻子早早下了厨房,亲自洗菜切肉收拾蘑菇,样样都不用侍女动手。天色擦黑时分,木匠妻子已经在屋里摆下了四样菜蔬。木匠进屋一瞧桌上,倒觉得有几分胃口。桌上摆着的碗蒸肉、炖肥鱼、果脯饭看着让人食欲大振,旁边还有一碗蘑菇汤。

木匠先吃碗蒸肉,那是最肥的猪肉做的,一咬满嘴油香,吃过两三口,香是香,却只觉得腻口。又尝了尝炖肥鱼,味道格外鲜，只是刺多嫌烦。再是果脯甜饭，简直是甜到了喉咙里。这三样菜样样美味，木匠却每样只动了几筷子便吃不下去了，木匠心想："这婆娘的饭菜和她的人一样让人厌烦。"

木匠的妻子看出了端倪："肥鱼大肉味道香，可惜不养人。老爷却不明白这个道理。"

木匠听出话里有话，知道妻子是以饭菜来嘲讽自己，心下便觉得不舒服，抬了抬屁股就想着找个理由赶紧一走了事。

妻子也不再多话，只把一钵蘑菇汤推到木匠面前："老爷嫌弃菜蔬味腻，尝尝这蘑菇汤吧，这个时节林子里新采的蘑菇味儿鲜着呢。"

木匠看着这蘑菇汤色清味淡，便尝了一口，果然是难得的新鲜好味，虽然是寡油少盐的做法，却留住了蘑菇最原始的鲜香。木匠胃口大开，跟妻子头对头地喝起汤来。

汤足饭饱之后，木匠打了个哈欠，心里惦记着甜似蜜还在等自己，只不过还没来得及起身，就脑袋一歪，跌进了梦里。

甜似蜜等了木匠一晚上也不见人影，赌气胡乱睡下。清早她梳妆整齐后推开房门，瞧见三月柳和腊月雪也已经在院子里摘花插戴了。三人面面相觑，不多久就明白木匠昨夜并没有去她们三人中任何一人的屋子。

"天！老爷昨夜里不会在那老女人屋里睡了吧？！"

"你轻声点儿吧,毕竟人家是太太,老爷三五年去她屋里一次也该当的。"

腊月雪这话貌似大度,语气却酸溜溜的,极尽嘲讽。

三月柳也不落后:"我听说那老婆娘昨天贱声妖气地请老爷去她屋里吃饭,说什么她生日。"

"几年也不见她过过生日。这么老了还想汉子,真没臊。"

…………

三个人这边正酸讽个没完,忽然不远处传来一声凄厉的尖叫!三个小妾吓了一跳,仔细听,似乎是木匠妻子的房里传来的。随后就听那屋里有吵吵嚷嚷的声音。三个小妾突然来了兴趣,幸灾乐祸地互相使了个眼色,齐刷刷就往木匠妻子的屋子快步走去。直到了房门口,她们又不好推门进去,就趴在门缝边上听着屋里一阵阵吵闹的声音。

"你这个歹毒的婆娘,你对我做了什么?!"那声音是木匠妻子的。

"我没有做什么,你看,我现在也成了这个样子啊!"这声音倒是木匠的。

"为啥会这样子!难道是做梦?一切都是假的?哎哟哟,疼死我了!天哪,不是做梦啊!这可怎么见人啊!"

…………

这奇怪的吵嚷声倒让三个小妾摸不着头脑,她们正嘀咕着要不要敲门进去看看，突然房门哐当一声，一个人影冲了出来。

竟然不是木匠，是木匠的妻子。

木匠的妻子眼神从没这么古怪过，她的眼神来来回回地在三个小妾脸上辗转，满眼都是焦急，说话间身子就要往她们身上扑过来。

三个小妾都呲着牙往后躲，一脸的嫌弃。

"太太，你这是干吗？大早上不梳不洗疯婆娘一样！"

"蠢货们！我我，我是老爷啊！"木匠的妻子憋红了脸，半天挤出这样一句。

小妾们一愣神，忽然一声笑齐刷刷喷出来："哎哟太太，你是开玩笑呢，还是真疯了？老爷天天睡在我们屋里，我们难道认不得老爷？！"

"木匠妻子"见她们笑得前仰后合，一屁股蹲到地上，叫苦连天地号啕大哭起来。

这时候"木匠"犹犹豫豫地从房里踱出来，三个小妾刚要扑上前来，"木匠"赶紧摆摆手："你们赶紧各自回房里。赶紧走！"

见"木匠"脸色不好，小妾们也不敢再多问，只好匆匆散了。

"木匠"把蹲在地上的"妻子"死活拖进房里，门一关上，"木匠的妻子"又歇斯底里上了。

"你说，你说实话，昨天到底给我吃了什么？为什么我变成了你？你又为什么变成了我？"

"我也不知道啊老爷，你看我不是也成了你的样子？这到底是哪路妖魔作祟，这样来戏弄我们啊！"

"不行，我这就去找法师做法！"

待木匠刚要往外走，忽又退了回来，一屁股蹲在凳子上叹气。他忽然想起，自己现在是女人的模样，女人如何出得门去满城乱逛。

他冲着妻子一吼："你去！去把城里最好的法师找来！不，是把城里所有的法师找来！"

从那天开始，小妾们发现老爷太太都不太一样了：老爷天天躲在太太房里闭门不出，太太却睡到了木工房里。她们几次三番去敲老爷的门，老爷却一脸冰凉，不耐烦地打发她们走。太太的性情倒是刚硬了起来，有几次指着鼻子骂她们，倒跟老爷曾经的暴脾气有几分相似。

短短数月，家里法师进进出出无数，"木匠"说："府上近来有邪魔入侵，我和太太身子总不舒服，请法师来驱驱邪气。"

反反复复三月有余，情况始终不见好转。三个小妾凑在一起开始嘀咕起来。

"老爷当初那么疼我们,好衣裳、好首饰从来不断地买给咱们。如今你看,我身上穿的还是去年过冬的衣裳。"

"一定是那老婆娘使了什么坏,老爷才这样冷淡我们。"

"除了她还能有谁?!当初我们进门时她就老大不乐意,如今看咱们都没生下孩子来,怕是要挑唆老爷把咱们扫地出门!"

"可不能顺了她的心,得想法子整治整治她才行!"

…………

要说妇人但凡心毒起来,那要人命的砒霜蛇蝎都比不上。三月柳、腊月雪、甜似蜜现在把"木匠妻子"当成了眼中钉,不除不快!

她们先是制了虫尸粉,这是一种民间的巫术,捉了跳蚤、蟑螂、蜘蛛等晦毒之物晒干了碾成粉状,要是撒在人身上,奇痒无比,非要挠到皮开肉绽不可。趁一个晴朗的晒衣天,她们三个把"木匠妻子"晾在晒条上的衣服撒了个遍,于是那段时间"木匠妻子"每日里坐立不安,浑身的皮肉都被挠开了花,斑斑血迹渗在贴身的衣衫上,洗都洗不掉上面的血印子,气得"木匠妻子"把衣裳全丢进了柴房的炉灶里烧了个精光。三个小妾出出进进看着"她"抓耳挠腮的滑稽样子忍不住哈哈嘲笑,话里话外都是冷嘲热讽。"木匠妻子"心知是她们使坏,却也只能气到语塞,此后再看她们三个时,眼神里都似有把刀子。

等"木匠妻子"皮肉略微长好些，甜似蜜又跟三月柳、腊月雪嘀咕起来："上次那个法子也算是折腾了她一番，可眼下瞧她好了伤疤忘了痒疼，那眼神里的刁样儿，怕是要想狠法子报复咱们呢。"

三月柳频频点头："没错呀，我瞧着这婆娘最近是有点猖狂相，还是得收拾她才行啊！"

甜似蜜赶紧说："我听说有种秘术，若是深恨谁，就拿篦子篦了头油抹到那人饭菜里，保准她吃了能把肠子吐出来。非得喝狗溺才能解。"

"狗溺？"腊月雪一脸嫌弃地做呕吐状，眼神里却是幸灾乐祸，"光听着就想吐了。"

"可是万一闹得厉害了，这老婆娘不会去老爷那里告状吧？"三月柳倒是有点担心。

"老爷？哼，你看上次虫尸粉快要了她半条命，老爷可出来说咱们一个'不'字了？"甜似蜜不免得意，"大概这老贼妇不知用了什么办法挟持老爷，八成老爷现在也是烦得很。"

三人一商议，当晚就钻进了厨房里，支开了侍女厨娘，甜似蜜摘下拢在头发上的篦子，先从自己头上开始篦起，对准"木匠妻子"的汤粥，把那些腌臜的油屑尽数涮到了里面。

"也加上我的，怕不是要双份效力了！"三月柳也拔出自己头上的篚子,学着甜似蜜的样子。

然后是腊月雪。

晚饭过后,天已深黑,入冬的夜人困倦得快,三月柳、腊月雪、甜似蜜却一点倦意也没,她们聚在腊月雪的房间里,那里离木匠的工房最近,如今"木匠妻子"神三鬼四地非要天天住在工房里。她们嗑着瓜子,腊月雪拿出了自己最爱吃的点心蜜饯,三个人头对头却话不多,都在竖着耳朵听外面的动静。

忽然木工房里有"哐哐当当"的声音,接着就是震天动地的呕吐声。那里面的人似乎想要喊叫,不过肚子里的秽物让"她"根本无暇喊叫,只一个劲儿轰声作呕。

甜似蜜先一步跳起来,一脸坏笑乐不可支:"中了、中了!"

三月柳拍着巴掌捂着嘴不敢大声笑。

腊月雪把嘴里嚼的蜜饯吐到了地上,咧着嘴皱着眉说:"听这声响就真觉恶心!"

甜似蜜三人兴冲冲地快步推开了木工房,只见"木匠妻子"趴在溺桶上大吐不止,脸色红得像一碗血。

"太太呀,您这是吃坏了什么东西呀?"

"咱们都是一样的饭食,偏夫人吐得这样,咱们却好好的,怕是太太自己私下里开着小灶吧?"

"是啊,我听人说油腻饮食吃多了会呕吐,倒是咱们一天到晚素汤淡饭的能保平安呀。"

....

三人你一言我一语地冷嘲热讽。

"木匠妻子"气不打一处来，胸中却翻江倒海，连回嘴的力气都没有，只眼神凄狠地低嚷："滚出去！都给我滚出去！"

"木匠妻子"在木工房里折腾了整整一夜，第二天清晨，吐出来的已不是酸汤黄水，呕物已带着血水了。三个小妾也怕闹出人命来殃及自身，就对着"木匠"和"木匠妻子"说："听闻狗溺止吐，想来能治太太的毛病。"

"木匠妻子"听闻"狗溺"二字，又是一阵大呕，心里觉得恶心，身上却连一点反对的力气都没有了。

"木匠"当即吩咐管家："快去找些狗溺来！"

"木匠"和三个小妾看着管家和厨娘们把一碗狗溺硬生生灌进了"木匠妻子"的嘴里，"木匠妻子"哭号不已，手脚被下人们死死按住，嘴里喷出腥臭。"木匠"和三个小妾就在一旁冷冷看着，有幸灾乐祸的，有冷若冰霜的。

灌完狗溺，"木匠妻子"又是一阵大吐，直至午后时分，吐声渐渐止了。"木匠"吩咐下人把"妻子"安置在木榻上，找了侍女来送一日三餐的饭食，随后就转身走了。三个小妾急急地跟出去想跟老爷说上几句话，却被"木匠"拦在了门外。

木匠推说身上不爽，不愿见她们。三个小妾虽然刚刚看着"木匠妻子"受了一场大罪，此刻却又觉得不解气了，个个心想着："这老婆娘就该死！"

"木匠妻子"在木榻上躺了十多天，渐渐能下地走路了，他知道是三月柳、腊月雪、甜似蜜整治自己，心里深恨她们，却又想不出法子把话讲明白。等他能下地走了，首先就到了"木匠"的屋里。

"木匠妻子"一离开，"木匠"就把小妾们召到了前厅，"木匠"按照"妻子"的意思——发号施令。

"三月柳，从前账本是交给你管的，从现在起，就交由太太来管吧。

"甜似蜜，之前交给过你一个匣子，里面是我这些年的体己钱，也一并交给太太。

"还有腊月雪，这些年我每个月专门拿出一笔钱给你另买零嘴儿吃，家里的其他妻妾都是没有的，想来也不公平，从这个月起，这笔钱就停了吧。"

"木匠"话一说完，立马转身离开。留下三月柳、腊月雪、甜似蜜炸开了锅！

"这是什么意思？！难道要把我们扫地出门？"

"当初迎我们进门是为了传宗接代，如今见我们都没生下孩子,大概是要赶我们走吧?"

"虽然我们都没生下孩子,但老爷之前还是疼我们的,一定是那贼婆娘挑唆!"

"这下子账本、银钱都要交给那个婆娘了,定是她从中作梗!"

"连那点子点心钱也要停掉,这是故意刁难人呢!"

"一旦这些都交出去了,这家里就全然没有咱们的立足之地了!"

这世上大部分的夫妻吵架,皆是因为自己的利益受到了损害,尤其是钱。此时三人一合计,深觉这事儿不能再手软下去。三个小妾头对头商议着,心里都有了主意,她们知道,不出杀招,怕是不行了!

在极北地区,有一种蛊咒,称为"猫蒸咒",相传是远古的村寨为了惩治极恶之徒特意创制的蛊咒。只要把想要诅咒的人的姓名和八字连同一只活猫一同放到蒸笼里蒸煮,猫受不了热挣扎直至惨死,那么,被下了蛊咒的这个人,肉身也便与这只被蒸煮的猫一样感同身受,直至痛苦而死!

三月柳、腊月雪、甜似蜜下定了决心要对"木匠的妻子"杀而后快，故意跟"木匠"打听妻子的生辰。

"过几天是观音寿诞，想着我们几个一直没有生养，想去观音娘娘面前拜一拜。或许能为老爷延续香火了呢。"

"是啊，听说把女子的生辰八字写到纸上，再抄上七七四十九天的《求子经》，一同在观音面前焚化，就能让菩萨赐子呢。听说好多妇人都因此怀了孕！"

"我们三个当然是要抄经祷告的，只是夫人也值壮年，恐怕她也盼着能有自己的孩子吧。"

"木匠"听懂了她们的意思，沉吟了半响才说："你们想得很周到。"

木匠妻子的生辰八字就到手了。

木工房里是从将晚的时候开始传出叫声的，那叫声之惨，任你是血气方刚的汉子，也会被吓得汗毛倒竖。而三月柳、腊月雪、甜似蜜却只是浑身微颤而已，毕竟刚刚在柴房里，那只蒸笼上的野猫，惨叫之凄厉，也不逊于此刻。

腊月雪胆小，直说要赶紧回房，三月柳也瑟缩缩地应和着，甜似蜜却瞪着一双毒眼说："这样的好戏怕是这辈子再看不到第二回了。姐姐们不一起去看看？"

木工房里已经有侍女管家焦急出入的声响了，三月柳转念一想："也是，这毕竟是条人命，咱们三个只管躲着，弄得好像心虚似的。万一事发，可甩不清干系了呢！"

腊月雪听着有理，虽然抖成了一团，此时也只好提提气，硬着头皮跟上甜似蜜和三月柳，一同往工房去了。

在三月柳、腊月雪、甜似蜜一生中的最后一刻，终于见识到了什么叫"魔鬼的样貌"，说的就是此刻的"木匠妻子"！她浑身通红，嘴唇焦紫，头发蓬乱，衣服已经被生生抓挠成褴褛，她已然说不出话来，正匍匐着费力地以肘撑地，一双眼睛直瞪过来，几乎把三人吓得瘫软！

天！那几乎算不上是人的眼睛！血一般的眼珠几乎要掉出肿胀的眼眶！

三月柳、腊月雪、甜似蜜战战兢兢地朝她走去，管家早跑着去请大夫了，侍女们在院里忙着烧艾草驱邪，"木匠"却始终未曾露面。

甜似蜜仗着素日胆壮，颤着声上前："太太，莫怪我们心狠，都是你把我们逼得没有退路了！"

三月柳也结结巴巴跟上了一句："你的后事我们会好好料理……"

腊月雪却直往三月柳身后躲，吓得都忘了掉眼泪。

"木匠妻子"伏在地上大口大口喘着粗气，眼看就要咽气，忽然她嘶哑着吼出一句："悔啊，我好悔啊！不该迎你三人进门啊！"

那音调之凄厉，拂过人身就是一层鸡粒子。这句话倒让三个小妾愣住了，她们仔细咂摸着：这音调似乎有点像老爷的……

就在甜似蜜愣神的工夫，"木匠妻子"忽然冲起一股蛮力，抄起手边一把利斧，迎头就是一劈！甜似蜜哐当一声，身子就软倒在地，没了气息。身后的三月柳和腊月雪被这一幕吓傻了，瘫在那里动弹不得。"木匠妻子"照着身边的腊月雪又是一斧过去，腊月雪一声惊号，血如泉涌。三月柳被这一号吓得恢复了神志，狂号着"救命"就往门外跑，可惜手抖得厉害，怎么也拉不开门，拉扯之间，后脑已被扑上来的"木匠妻子"劈开了花！

就在这一刻，"木匠妻子"似乎被丢进了冰池雪坑，方才浑身的蒸热疼痛悉数消散！她号叫了一声，倒在了地上。

———— · · · · ————

"木匠妻子"残杀了家中的三个小妾，一时间惊动了都城！国王亲派大法官断案。

"木匠"跪在大法官面前，紧蹙着眉，声声喊苦，一五一十讲明了"妻子"残暴杀妾之事。

"木匠妻子"却在大法官面前激动地大哭大喊："大法官啊，

我虽然杀了她们,可都是被逼迫的!她们各种侮辱我、谋害我,我的性命也差点葬在她们手里啊!而且我这也是被妖术所困,我才是木匠本人!而现在您眼前那个木匠,她才是我原配的婆娘!不知这婆娘施了什么妖术,我才变成了她的模样!也一定是她买通了恶魔,使得我这么丧心病狂!法官大老爷,求您饶命啊!您救救我啊!"

"木匠妻子"这歇斯底里的控诉倒让堂前所有人都愣住了,随即满堂哄笑。

大法官费了好大力气才板住面孔,他问道:"木匠,你妻子说的可属实吗?"

"木匠"叹了口气:"唉,大老爷,您觉得这属实吗?也是怨我,因为妻子不能生养儿女,才纳了三个小妾进门,没想到妻妾不睦,闹出这般人命案子!"

"木匠"说着就拿袖子去擦眼里的泪水:"我这婆娘想来也不是故意扯谎。实在是这些年来她精神越发不好,总有些幻听幻觉,老觉得有人要加害她。家里为此请了不少法师来驱邪气,总是不见效。这些家里的管家侍女们都可以做证。"

大法官就传管家、侍女上堂,个个说得和"木匠"无异。大家一致认定这"木匠妻子"神志不清,胡话连篇。但三月柳、腊月雪、甜似蜜的娘家人悲恨不已,又是喊冤又是送银钱,最终"木匠妻子"还是被判了斩刑，当即执行！

"木匠"强忍悲伤回到家里，木工房还剩一块金雀木的板料，连夜叫人打了一副棺木，收葬了"木匠妻子"。几天后，"木匠"遣散了管家和侍女，收拾好值钱的家当，搬到其他城里去生活了。

后来偶尔有些人还能想起木匠和他的妻妾们。有人说是妖神换了木匠和妻子的身份，也有人说那只是木匠妻子疯了的胡思乱想。没人知道真正的真相，不过从那之后，好长一段时间里，都城里有钱的财主，不敢随意纳小妾进门了。

第七夜

掩香夫人其人

终结篇故事：妙鬘夫人絮游丝

掩香夫人其人

当大家把注意力都放在温缇娅身上、为她的遭遇愤愤唏嘘之际,最初那个佯称被歹人强暴的戴长头巾的姑娘已经悄然离席。

没错,她是木豆儿。

木豆儿假扮成受害的姑娘,连同般若汤一起,撬开了储君和女孩们牢牢锁紧的嘴巴。此刻天将亮,她悄声来至宴会厅的隔壁,那里有整夜未眠的国君和夫人。

一见到她,国君夫人难掩激动:"木豆儿姑娘,今晚我和国君得知了真相,这全是你的功劳!"

国君虽未言语,也是内心澎湃的样子,气息久久难平。

"国君、夫人,麻绳既然知道在哪儿打了结,就到了该解开的时候了。"

这话却令国君和夫人沉吟了。

半晌夫人才言语:"即便知道了真相,要去哪里找那掩香夫人呢?这些孩子被带走的时候如堕梦魇,终究也不知那女人住在哪一街哪一巷啊!"

"夫人莫急,刚刚储君他们已经把去掩香夫人那儿的路径说得一清二楚啦,只要用心思量着去找,保准就妥!如果国君和夫人信得过,我今晚就上路去找掩香夫人!"

这话足令国君和夫人一惊!

国君眼中满是对木豆儿的赞赏:"我派自己的近侍卫队跟你同去,随你调遣!"

"不不,国君!"木豆儿连连摆手,"想来这种事他们也帮不上什么忙,我自个儿去就成!"

国君夫人不由得牵动了感情:"木豆儿丫头,你是个最机灵的,看着情况不对,就赶紧往回跑,回来再想对策!"

国君也说:"侍卫队会在城郊隐蔽处等候,若是有危险,他们会在那里接应你。"

只听窗外鸡鸣狗吠,叫明了天,宴会厅里的弦月日欢宴也到了尾声。木豆儿起身辞别,她打定了主意,今晚行动。

一入夜，家家户户的灯火渐渐亮起，又盏盏熄灭，穿翠青色衣裳的女孩子肩上立着一只颜色雪白的神猫鹰，那鹰圆眼炯炯，越是夜里越发亮如油灯。

女孩当然就是木豆儿。此刻她左臂上搭着一条暗红底色绣着浅粉辛夷花的布袋，右手忍不住去扒拉肩上的神猫鹰："喂，阿夏阿夏，飞起来飞起来，你莫不是还要我驮着你吧！"

这阿夏瞪圆了眼睛"哼"了一声，竟说起了人的语言："坏丫头木豆儿！今晚可是我的安息日，按我家乡的习惯，今晚可是要和家人团聚的！偏偏又被你诓来走这夜路！"

"好阿夏亲阿夏！只要顺利过了今晚，好吃的好喝的随你挑，就连你平日里最想要的那个金色颈环也不难！"

被木豆儿这一顿哄，阿夏一振翅，腾空而起，在疾飞之前还不忘回首言道："金色颈环，你说的！"

木豆儿俏皮一笑，把布袋使劲儿往肩上一搭，跑跳着在后面一路追去，嘴里还哼唱着歌谣："阿夏阿夏看好路，我最最亲的伙伴儿！别引我去沟沟坎坎，也要躲开伤人的凶兽，只要你用心带路，暗夜和光天，都是太平世界！"

木豆儿一连跑了许久，直过了云旗公子所说的三条街口，此路三岔，各有一条伸向远方。木豆儿脚步缓了下来："阿夏阿夏你停停！这春夜的料峭风啊吹得我小脸皱疼，这暗黑的夜啊沉得让人瞌睡，神猫鹰的鼻子比人灵气，你细嗅嗅，这四面八方哪里有浓浓的脂粉香？"

阿夏立刻飞回到木豆儿肩上，脑袋一歪一歪皱着眉头唱："是了是了，南边有泥田累累，北边是住满了牲畜的宅院，西边有麦香一阵阵，唯有东方，深吸一口，气味里都是烦人的女人香！"

说罢阿夏迅疾振翅，只朝着东向的路上飞去。

"得嘞！"木豆儿快活地追赶上前。

果然，一路朝前跑，脂粉的香气渐渐清晰起来。原来是一巷脂粉作坊，白日里淘澄的胭脂膏、研磨的茉莉粉，气味经久不散。木豆儿跟着阿夏跑跑跳跳，约莫两盏茶的工夫，果真来到了柿子林边。云旗公子来时还是浓秋，正是柿子红时，而今初春的树上还未坐果，只看见嫩莹莹的芽叶开始钻出来。

"喂喂阿夏，你别往树枝杈上停！好阿夏亲阿夏，等忙完了今夜，明日回家足足地歇！"

木豆儿一路逗阿夏聊着天，在月亮升到中天的时候，终于走出了柿子林，果然一片片骆驼刺就在脚边了。其中还间杂着一些不知名的小花骨朵，待开未开的样子。木豆儿顺手采下了几丛，掖进胸口的衣裳里。那将开的骨朵被少女的体温包裹住,渐渐竟绽出花朵来,都是嫩樱桃红的颜色。木豆儿踮起脚尖伸着脖颈往前看:"前边像是有林檎树吗?我怎的丝毫看不分明呢?"

那阿夏小爪子忽然扯起她的衫袖,拽住就往侧边飞:"傻瓜,是这边!"

这倒引得木豆儿皱起小眉头,可爱的小鼻子一呼气:"哼!臭阿夏坏阿夏,也就只有你才说我是傻瓜!"

木豆儿一边跟着阿夏疾行一边想:这干皴皴的地方会有擎天高的林檎树?还有水流声又是哪里?先不管了,且跟紧了阿夏再说。

都说大漠连着戈壁,骆驼刺连着荆棘丛,然而等木豆儿跑到了骆驼刺丛的尽头,却被眼前的景物惊到了:这里竟像仙源一般水流潺潺,又如南乡一样花林遍地。头顶上方星空满布,最亮的那一颗几乎碰到林檎树顶的叶尖上。大朵大朵艳紫的无叶花,纵然月光下也不减妖娆。

木豆儿开心不已,却也忽然生出了些许紧张,喉咙头足足比去王宫见国君夫人时还要发紧一些。她理了理衣裳,小心拂净裙边粘挂的荆棘刺,又嘱咐阿夏说:"阿夏呀,我们就要去一位高贵的夫人家里做客啦,一会儿可要谦逊、要有礼!不要随意往人家的坐席上歪,也别随意叼人家的飞虫吃食,万万莫让人笑话咱们！"

"知道了知道了，女人就是烦得很，漂亮的丑的都一样！"阿夏显然很不耐烦。

这时候木豆儿才学着云旗公子所说的样子，绕着林檎树走了三圈，树上果然便落下了一枚紫果子，果子一投进树洞，大门应声而开。一个半老的仆妇迎到门口惊讶地嘀嘀咕咕："这可是稀奇啦！明明夫人今日没出门，竟然也有生人来！咦，小姑娘，你是怎么找上这儿来的？"

"这位姨母，我是木豆儿，你且先别管我是如何找上门的，我只想问，这是掩香夫人家不？"

"没错，掩香夫人就住这儿。"

"那就太好了，我们正是来找她的。对，我和阿夏，是吧阿夏？"木豆儿拳头攥着汗，笑嘻嘻地拍拍正立在肩头的神猫鹰阿夏，顺势又把怀里的花捧往仆妇眼前一送："瞧，我们带了礼物给她。"

"既然远道而来又带了礼物，那就进来吧。"

仆妇身后响起一个冷冽的声音，待到木豆儿看见她面孔时，顿时感叹云旗公子实在太不擅长赞美女性了。这位夫人的容貌，简直难以用美丽来形容，虽然她确实是美丽的，但不似樱雪草小姐美得娇羞，也不似国君夫人美得端丽，更不似香莉黛美得夺人！

这夫人的样貌在暗夜里也依然灼目,她身上的珠宝闪耀着比星星月亮还耀眼的光芒,想来每一颗都是连城之宝。可任是最光华夺目的那一颗,与她的风度相比,也黯然无光。木豆儿愣愣地看了半响才说:"哦夫人,您高贵得简直像能统领狮子的女王!"

掩香夫人莞尔:"这个小姑娘,倒有些胆量。"

如云旗公子所言,掩香夫人的宅邸高雅非常,一概没有金珠银宝的俗物,却是一花一木都摆设精当,一帘一椅都似是无价珍品。木豆儿自小在内大臣府中长大,虽为侍女身份,却也是金银宝物见惯了的,但一来到这儿,还是忍不住深深赞叹。

"哦夫人,您的家里可真是美啊!比我从小长大的地方更让人着迷哪!"

木豆儿打量了一圈,忽然想到:"对了夫人,能不能先安顿一下阿夏,我怕它留在这儿一会儿淘气起来会弄脏了您的客厅。虽然它并不是经常淘气,但谁说得准呢?您这客厅这么迷人,连我都忍不住想撒个欢儿哪!"

阿夏愤愤言道:"胡扯!我才不会这么邋遢无礼!在神猫鹰界,我可是最迷人的小王子!哎呀,不过还是让我快快离开这客厅,一整夜听两个女人唠唠叨叨非烦死不可!"

于是仆妇就带了阿夏去别室安顿,客厅里只剩下少女木豆儿和夫人掩香。

掩香夫人并未询问她是如何来的此处，只是稳沉沉地对她说："我早已想到，终有一天会有人主动上门，只是没想到竟会是你这样一个嫩草般的小姑娘。"

"是的夫人，恰恰是我。"

"既然你来找我，大概知道来我这儿会得到些什么吧？"

"当然，夫人。我已有了彼此心仪的青年，我们约定了婚事。我想，不来夫人这里一趟，终归不踏实。"

木豆儿的直爽倒是让掩香夫人惊讶，她点点头，看木豆儿的眼神里，平添了几分激赏。

"既然你能找到这儿，自然知道接下来要怎样了？"

"是的夫人，我已准备妥了。"

然而木豆儿紧接着话锋一转："但是，外公自小教导我，**这世上只有一件事做不得，那就是白拿别人的礼物。即便是命运的馈赠，也仍需回报。**"

说到这儿，木豆儿有意止住了话头。掩香夫人看懂了她的神态，心里倒觉得这小姑娘的故弄玄虚并不算惹人讨厌，就顺着她的话问："这话的意思是？"

"我今天不是来夫人这儿拿故事的。"她顺势扬了扬手中的暗红色布袋，"我是来跟夫人换故事的。"

这倒让掩香夫人好奇了："换故事？怎么换？你又有什么样

的故事跟我交换？"

木豆儿把布袋递到掩香夫人眼前："夫人有一屋子的人间情愁，恰好，我也有一袋子的世间奇闻。用我的故事换夫人的故事，这样不是更公平？！"

掩香夫人眼睛怔怔地盯了木豆儿好半响，忽而朗声大笑起来："好，好，好！这样极公平！就如此办！"

"既然如此，我可是要先看看夫人的故事值不值得我这一袋子的宝贝呢。"木豆儿把布袋搂在怀里，特意做出一副宝贝得紧的样子。

掩香夫人倒不由得笑了起来："你这小丫头，倒确实有些意思。也罢，只怕你先验了我的故事，可要把你的情郎丢在一旁了。"

"无妨。若果真如此，只能说他不是我命里的真人！"

掩香夫人点点头，眼中丝丝玩味。而后她引木豆儿来到长廊边，那是云旗公子和靡香国待嫁的女孩们都来过的地方。

木豆儿挺挺胸脯，努力让自己看起来更镇定。虽然她心里难免是有些打鼓的。

她说："夫人啊，我喜欢绿草如茵的草原，也喜欢在花园的草地上打滚儿，您就替我选一扇青草密密的门吧……"

终结篇故事：妙鬘夫人絮游丝

"札儿兀！挑嘴的馋鬼！这大朵的骆驼刺脆生生的，你嚼两口怎地？！"

小姑娘用一支细生生的牛皮鞭不住地把那只黑羊往骆驼刺丛里赶，偏那黑羊犟着脑袋，四个蹄子一个劲儿地往外扑腾，眼神瞧向它的主人，一脑门子不服气。

小姑娘照着羊背利落地就是一鞭子，又脆又狠："你哪里像只山羊，分明是头倔驴！"

不过她还是抽出别在腰间的袖刀，随意从发梢处割下几丝碎发，就那么往黄土里一扬，嘴里念念叨叨"吽，咭咭，咕噜咕咧，帕摩雷"，一直念了七遍，随即见根根发丝齐扎入地里，眨眼间那地上就蹿起了床铺大小的一方嫩草，青油油的喜人。黑羊撒起蹄子欢奔过去，大啃大嚼一番。不出一顿饭工夫，青草尽落入羊肚，细看方才片草丛生之地，连草根也无一茬，依旧只剩戈壁黄沙一片。

坐在不远处的一位锦衣少年，将这一幕从头看到尾，半晌才从讶异里回过神来。

黄皑皑戈壁滩旷阔得一眼望得见太阳远处的家乡，这穿黛色衣裳的小姑娘便格外惹眼醒目。那衣裳粗旧，并无抢眼之处，但那垂着的一条亮油油的发辫格外惊人。她的头发厚密而结实，一丝是一丝，日头底下倍显不羁，在近午时分的戈壁黄土中，乌油中呈现茵茵的紫意，更比她的容貌令人过眼难忘。

喂饱了黑山羊，见她起身似有要走的意思，锦衣少年急了："等等，莫要走……"

小姑娘眼见一道华彩的身影疾奔过来，不由得停下了脚步，斜歪着脑袋不慌不忙地打量着他。

那少年的样貌是很好看的，丝毫不逊于她，白生生的脸皮，五官清淡如水，头发上束着金冠，衣裳是五彩丝线绣在了樱草色软缎上。

小姑娘便问他："要我等啥？"

那少年到了小姑娘面前却羞得拘谨起来："也没啥，我想看看你的羊。"

小姑娘也不再多问，顺势又坐回到地上。少年见了，便也在她身旁紧挨着坐下。

"你是谁？我从没有见过你。"

少年答道："嗯，我才随着家人来到这里不久。"

"你从哪里来？"

"一个有花有草、有溪有河、绿树蓝空……反正和这贼秃秃的荒沙之地完全不一样的地方。"

"听着是个很妙的所在，那你干吗要来这里？"

"父亲要来做这里的国主。他说将来，我也要做这孤芳国的王，我的子孙后代世世都将是这里的王。"

"哦，那你们是来统管大家的！这不是也很好嘛。"

"好什么好？！这里哪能跟我的家乡比！这里到处都是黄土，走在路上随时都会被沙石迷了眼睛。更可恨的是十里不见绿树，连每日里沏的茶水都是腻腻的涩口。"

小姑娘不以为然："那是因为酥油茶太香稠啦，尤其是加了盐巴的。光喝那寡淡的茶水有什么香甜的？！"

少年闷着头，两条眉毛拧在了一起："也许吧，只是我还不习惯这里的饮食而已。"

小姑娘因而问他："那在你的家乡都吃些什么？"

这一问可好，似有百种扑鼻的香味在少年鼻前缠绕，他偷偷吞涎，眼神里的落寞更深了，直望向很远的远方，他忽然说："若是每年这个时节，在我的家乡，就该吃甘蔗了。"

小姑娘歪着脑袋想了想，忽然笑了："瞧你这蔫草模样！甘蔗嘛，有什么难？！"

这次她没用袖刀，只是把鬓边的几丝碎发扯到嘴边，咬下几丝，用手指捻了半响，依旧像刚才那样丢到土地上，一边念念有词"吽，咭咭，咕噜咕咧，帕摩雷"，一边看发丝落地生根。那发丝也是神了，一着土地，就化作细苗可着劲地抽芽长高，直到长成了几根比他俩个子还高的甘蔗。这时她才拿出袖刀，挨根砍断，挑了一根最绿皮饱满的递给少年："喏，尝尝吧。我还是第一次变甘蔗呢！"

少年简直不敢相信自己看到的一切，眼里既惊且喜，瞪圆了眼睛只会说："嘿，你可真神啦！"

"这有啥了不起的？！我的本事还多着哪！"小姑娘下巴高高扬着的，神气满满。

甘蔗捏在手上，少年起初也不敢轻易下口，只见那小姑娘碎玉一般的两排小牙就着甘蔗带皮就咬下去，继而就是"哎哟"一声皱眉："就这玩意儿，割嘴得很，有啥好让你惦记的？！"

少年闻言爽声笑了，再顾不得提防了："瞧，像我这样子，得先把皮撕了，肉要使劲儿嚼，里面的汁水甜得嘞！嘿，你别说，这甘蔗还真甜呢，比起我在家乡吃的一点不差！"

小姑娘也学着他的样子，把甘蔗皮撕得欢快，听她甘蔗嚼在嘴里的声音，别提多好听。

大漠黄沙外，两个十三四岁的少年，在漫漫无际的戈壁下悠闲地啃着甘蔗。黑羊札儿兀转转悠悠地在脚边舔着被撕下的甘蔗皮。

少年告诉小姑娘："你叫我萧骑鹤吧。"

"萧骑鹤？鹤是什么？也能骑？能像札儿兀一样跑得飞快吗？"

"鹤嘛，是一种比鸟还大的鸟，两只脚细长细长的，走起路来像王后一样圣洁，身上又全是黑白的羽，飞起来的样子美极了。我在家乡的时候，每年都有仙鹤往来，连家具上镌刻的图样都是它们在云中飞翔的样子！"

"难怪！瞧你走路轻悄悄的，又昂着头，冷冷的不爱理人，也是在学鹤的样子吗？"

少年羞赧地低下头："母亲说，储君不可以让人太过亲近。"

"行吧，那不耽误你学鹤的样子了。来，札儿兀，我们该走了！"

少年闻言急得立身追问："可是，我还不知道你的名字哪！"

小姑娘停下了脚步，回望了他一眼："他们都叫我絮游丝，父亲母亲也是这么叫我的。"

"哦，你和父母住在哪里？"

絮游丝顺着太阳的左边一指："喏，翻过那座山就是了。不过不是和父母，而是和札儿兀住在一起。"

"呃，实在对不住，我不知道你的父母已经……"

絮游丝哈哈爽笑出声，打断了少年萧骑鹤的羞赧："你想多了！他们这会儿必定是活得好好的，只是我不知他们去了哪里而已。当我渐渐长大了，能自己照料自己了，还能照料札儿兀了，他们就对我说：'听着絮游丝，你长大了，可以独立生活了，我们要离开了，就留札儿兀跟你做伴吧。'后来他们就踏着太阳的影子远行了。我也很久没有见过他们了。"

絮游丝的话实在让萧骑鹤惊讶极了，他想不明白这世上竟然有父母可以扔下年少的女儿一个人在这荒芜的戈壁。想想自己从小到大被父母呵护如珠，顿觉可以略微抵消从家乡来这荒漠之地的那股幽怨气了。

于是萧骑鹤便对絮游丝说："以后我常来陪你玩吧。"

絮游丝扬着漂亮的小脑袋，粲然一笑。

此后每隔三日，萧骑鹤便从宫城里跑出来，来到戈壁滩上。他和絮游丝并肩坐着，聊些各自见闻的趣事。絮游丝有时也会照第一次那样请他吃甘蔗，萧骑鹤则经常从宫城里带一些自家做的奶酪、酥饼之物，迎着日头和絮游丝一起吃。

他们天南海北地聊一些故事，絮游丝爽阔的性格渐渐让萧骑鹤眉间舒朗起来，他也为自己在这荒漠之地找到了一位知心朋友而快活。

某一天见面时，萧骑鹤神神秘秘地从兜袋里掏出一方小巧精致的瓷盒："给你的。"

"这是什么？"

"这是梳头的香脂，我母亲每日都用，用它梳过的头发滑得像丝缎、香得似花朵！你掀了盖子闻闻看。"

果然，盖子一揭开，一阵惊人的馨香直冲鼻窝深处，那香脂颜色如新鲜的羊奶酪，凝腻着乳黄的光晕，絮游丝用手指捻了一点捋过发丝，登时那紫莹莹的发更显出太阳耀眼的光泽来。

"嗬！还真是好东西！"絮游丝喜得惊呼不已。

"这东西我母亲宝贝得不得了，听说要用上千朵栀子花才能制成这一小盒，我们全家来到了这大漠地，栀子花也寻不着了，母亲每年请南边的友人制好了再托人捎来。在这地方，可真是用金珠银宝也买不到的东西哪！"

絮游丝听他絮絮叨叨说着，忍不住就从袖子里掏出牛角梳子，散开辫子，涂着香脂梳起头发来。那香气随着日头倍加浓重，连札儿兀都忍不住凑上前来一拱一拱地嗅。萧骑鹤也忍不住赞叹："你用了这香脂梳头，简直像王妃一样高贵哪！"

絮游丝也嘻嘻哈哈笑得开心不已。萧骑鹤信誓旦旦地说，下次趁母亲不注意，还要再拿香脂来给她。两个少年的感情因此更是亲密了。

这天，萧骑鹤拎来一个笼子，他的神色和笼中的雀儿一样蔫答答的。

"喂，萧骑鹤，你这一脸丧气活像三五日没吃饭一样！"

"唉，哪里是我没吃饭，分明是鸣啾儿已经几日不肯饮食了。"

絮游丝便凑上前来，把牛皮软鞭伸进笼子轻轻逗弄那雀儿，它依旧一副神色不醒的样子。

"它叫鸣啾儿？"

"嗯。鸣啾儿跟着我从家乡来到这里，我知道它和我一样不喜欢这里，瞧它昏沉沉的样子……我是不是应该放它自由？"

"说什么傻话，瞧它浑身没有一丝力气的样子，你现在开了笼子它也飞不过那座最近的山头。在这毒日头底下，只会死得更快些。"

萧骑鹤因此更忧愁了："我就知道，带它来这里真是害了它的性命。"

絮游丝一撸鞭子："走吧，带我去你家里。"
"去我家？做什么呢？"
"不用你管，带路就是。"

絮游丝跟着萧骑鹤，走了两顿饭工夫，才来到他住的院落。这宫城里各处殿宇颇为精致气派，照旧也有朱墙蓝瓦，宝盖金顶，只是戈壁本色，一色花草也无。

絮游丝在这院落里跑跑跳跳打量了半晌，又伸出手指逗了逗笼中的鸣啾儿，这才抽出腰间的袖刀，在发梢处割下一薄缕头发，有巴掌长短。她一边跟萧骑鹤闲聊着，一边就把这头发用手指捻啊捻，直捻成结结实实的一条，就冲着萧骑鹤睡房窗前的空地丢过去，嘴里照样念着"吽，咭咭，咕噜咕咧，帕摩雷"，也是七遍。

絮游丝刚念完，只听窗外"砰"的一声，随着咒语擎天而起一棵巨大的林檎树，上面花朵谢处依稀坐了果子，一色绿油油的馋人！若是细细嗅，还依稀能闻到栀子香气，和萧骑鹤送给絮游丝的梳头香脂同样怡人。

萧骑鹤喜得几乎要跳跃起来，连那笼中的鸣啾儿也支棱起了翅膀开始欢叫。絮游丝打开笼门，鸣啾儿忽闪着五色彩羽一跃而出，直飞上树梢的最高处。这一棵林檎树凭空而立，顿时让这院落生机勃勃。絮游丝就站在兴奋得手舞足蹈的萧骑鹤身边，高昂着漂亮的小脑袋，和他一起把这林檎树和鸣啾儿看了又看。

萧骑鹤对絮游丝说："再过几年我就成年了，那时父亲会让我继为国主，不如到那时你做我的新娘吧。"

"做你的新娘又有什么好的？！父亲母亲说等我成年后也可以像他们一样，带着札儿兀去任何想去的地方。"

萧骑鹤急了："你可别走啊！你走了我就又是一个人了！如果你做我的新娘，我保准让厨娘天天做你爱吃的油酥酪。还有你身上这衣裳也旧得很了，做了王妃就可以天天有软缎的衣裳，件件都像我身上穿的这样。不，比我身上穿的还要好看！"

见絮游丝依旧淡淡地垂着头，他忽然一跺脚："对了，我母亲用的梳头发的香脂，就是我带出来给你的那盒，闻上去像我家乡的栀子花的味道。用这香脂梳过的头发，油亮亮的别提多香多漂亮了！你也知道的不是吗？"

絮游丝抬起头来，眼睛里有闪闪的星星。那栀子花香脂的味道于她而言太过深刻，又怎能令人忘怀？絮游丝的手顺势搭上了发髻，她一出神，脑袋里就莫名涌出忽远忽近栀子花香脂梳头的场景。

萧骑鹤笃定地笑了："可是，只有国主的夫人才能日日用这样的香脂梳头呢。"

絮游丝点点头："要是那样，我做你的新娘也没什么不可以。"

五年之后，孤芳国少年国主举办了盛大的婚礼，絮游丝果真做了孤芳国的王妃，国中上下皆称她"妙鬟夫人"。

国主萧骑鹤，常常是忧郁的。在政务不忙的时候，他眼神时常空望向外，窗前的林檎树越发丰茂，当年奄奄一息的翠羽鸣啾儿如今绕着枝丫一气儿能飞上百圈，片刻不肯停闲。院中一片欢畅勃勃，除了国主萧骑鹤。

絮游丝挨过来，用手挠挠他耳后的碎发，痒，萧骑鹤不由得闪身一躲，两个人同时笑出声来。只有王妃在侧时，国主方可略解愁绪。

"骑鹤哥哥，你到底是为了什么整天闷闷烦心？孤芳城中上下安稳无战事，戈壁滩上牛肥马壮，连札儿兀都跟鸣啾儿每天快活地在林檎树下厮缠玩闹，更有你夫人我益发貌美。国主啊，夫君啊，你到底还有些什么不称心的？"

国主闻得妻子此语，先是扑哧一笑，而后又深深叹出一口气来："城中无事是国运之幸，却难抵消我这胸中块垒。近来总是想念家乡，想念那个有山有水、草丰花美的地方。"

身旁的絮游丝沉默了半响，忽而说："花草于我，其实倒也不难……"

萧骑鹤当然知道妻子的神通，他一脸渴求地望向絮游丝："是啊，我亲亲的絮游丝，让宫城里铺满绿草，于你不过是轻而易举，却可解我思乡之苦！我的好妹妹，我的好王妃，你不妨舍下些零碎发丝又如何？！"

絮游丝点点头："也罢，若能得你开心展颜，也无妨。"

之前絮游丝在戈壁滩中喂养札儿兀时，也不过只是变幻床铺大小一方浅草，但若要这宫墙之内全然铺满，非数千万方那样的浅草才可。絮游丝嘴上虽然答应了，却也是格外心疼地抚着乌油油的发辫，一晚上睡在床上辗转到后半夜。

第二天，萧骑鹤随着太阳一起醒来，卧房的窗是打开的，五月的空气中氤氲着一股浓浓的草腥气，大口大口吸进嘴巴里，又成了另外一种香，有栀子花的气味⋯⋯他忽然惊醒，双目骤然一睁，直奔下床！只消看得一眼，窗外的景象已然足够他落下泪来！是啊，他来到孤芳国足有七年了，梦中的青草香终于满径。

宫城里绿草满径，絮游丝的秀发却短了好些，原先及至膝弯处的发辫，如今短了三掌有余。她坐在窗前梳头，萧骑鹤兴冲冲赶过来一边为她抹上些浓浓的栀子香脂，一边兴奋地絮絮叨叨："这下可好了，等过几年咱们也有了孩子，女儿或是儿子，看着他们在草地上追逐玩耍，为人父母，这该是多骄傲的事啊！"

絮游丝脸上倦容零落，听着萧骑鹤的话，她并未答话。她还想不到那么远的未来。

"我亲亲的絮游丝啊！感谢天神把你送到我的身边！你不知道我是用整个生命依赖着你啊！"

栀子花的香味熏得人醉，絮游丝听得心头一暖，笑意略略抵消了愁容。

入冬，大漠中的寒风凛冽如刀，孤芳国迎来了促织国的使者队伍。促织国的王子带来了十二样稀罕的果品，石榴酥梨，金桔南柚，杏干桂圆，莲子莲藕，松瓤榛仁，鸡头红菱。在孤芳远地，这些都是难得一见的吃食。

王子让国主和王妃尝个新鲜，言谈中多有骄傲："蛮荒之地辛苦，恐怕平日里也是饮食多无意趣，父王和母妃特意选了些新鲜果子给国主王妃添点滋味。"

絮游丝伸着脖子看那一盒一盒的吃食，眼里满是好奇，正待要伸手去抓那玲珑可爱的金桔时，国主萧骑鹤却开口了："我自小在南国长大，家中仆妇们倒是最爱这些酸甜果子。这些虽是寻常之物，也难为王子有心，千里之物辛苦驮来。"

说完便命人收了："拿去给宫人们分分。"

回了卧室，只剩下絮游丝在侧时，萧骑鹤便愤愤地骂道："这个促织王子实在嚣张，几盒寻常果子而已，也敢在殿前炫耀！明摆着欺负我孤芳国地广无物！"

絮游丝刚刚卸开了发辫，香气一时弥散开来，她坐到萧骑鹤身边，细细梳着头发："促织国物美产丰，这是不争的事实啊！一地有一地的物产，这都是上天的安排。我孤芳国骆驼壮实、牧羊如星，也不是他们比得了的！骑鹤哥哥又何必因此愤恼。"

"拿己之长，比人之短，便是羞辱！"

萧骑鹤偏不作罢，扬言非要在促织王子面前争回颜面不可。他定定地望着王妃絮游丝："王妃啊，如今也只有你可以替我一争短长了！"

絮游丝瞧着他那决绝生寒的眼神，心下顿觉一揪……

第二天一早，宫人敲开了促织王子的房门，奉国主之命来请王子去御园赏游："国主特意嘱咐了，请王子到御园一起用早饭，也预备了些我们孤芳国的果子请您尝尝鲜。"

王子便整衣束冠，随着宫人朝后园走去。刚至园门口，促织王子的脚步便忽然慢了下来，越往御园中走，这王子越发惊如呆鸡！

园中情景，莫说寻常的戈壁荒漠，便是比之江南福地也丝毫不差！香花绿草只是寻常，这隆冬时分，俯首处牡丹芍药遍地，抬眼处夭桃落樱满目，枝枝香得直钻入鼻孔！而园子中径并排有各色果树，棵棵不同，但都结满了沉甸甸的果实，皆是些极少见的珍品。促织王子一棵一棵数过去，整整有二十四棵参天大树，这其中倒有近二十棵树上结的果子，他委实叫不出名字。促织王子的震撼无以言表，身后传来了国主的声音："怎样王子，我这园子粗陋，还能入眼吗？"

促织王子言辞都踉跄起来："哎呀，哎呀，国主啊，谁能想到这戈壁不毛之地，能有这样的神仙福地，花草竟然隆冬不凋！这里的果树有多数我都生平未见啊！莫非国主是草木天神转世，才能得以四季普照花木？！"

国主朗声笑了，眼神略一打量身边的王妃。显然今天的絮游丝神情颇为落寞，眉间眼角的不快活已然浓得化不开。

由着促织王子赞颂了自己足足有一顿饭工夫，萧骑鹤命看管园子的工人拿了篮子上树采摘果子给王子吃。金黄的枇杷熟到软甜，李子却颇为香脆，鲜红的荔枝王子只在戏文里听过，如今一尝，果真香如初花、甜如巢蜜……王子连连赞叹，兴奋得手舞足蹈，不提防一颗熟透的红葚滚落到王妃秋色的衣裙上，那红葚汁水已然饱满如涨，倾刻在衣裙上留下绛色的印迹。王子慌忙致歉，王妃只略欠欠身，不以为意。汁水印子随着风一吹，暗成了一点血色。盘中果品颗颗皆鲜，絮游丝却并不去尝一尝，她伸手捏了一只桃子，丢在黑羊札儿兀面前。嘴馋的札儿兀只是瞥了一眼，抬头望了望主人絮游丝，又恨洌洌地剜了一眼国主萧骑鹤，乌黑的一对眼珠里怒意凛凛，旋即掉头而去。

促织王子只顾和国主畅饮笑谈，并未注意到王妃今天的发辫，更加瘦减。

孤芳国的丰饶无伦、国主萧骑鹤的仙人之姿，随着促织王子赞不绝口的传颂，满布了天下。此后，各国使臣殷勤起来，间或不断有别国使者来访。不论王亲还是国使，亲眼见到这偏居一隅的戈壁小国却能尽收万里物产，个个深以为异。渐渐就有传言说，国主萧骑鹤本是仙班弟子，下凡谪居孤芳国，他身到之处，便是物华天宝，神仙洞府。

这流言由远及近，渐渐如沸，如今连孤芳国中的百姓也人尽皆信了。上上下下每每谈起来就神色一凛，对国主的敬畏之心更翻一倍。这传言早在萧骑鹤的耳中七七八八过了无数遍，他并不回应，只是微闭着双眼暗自垂笑。在他身侧坐着的王妃絮游丝，分明能瞧出他酽酽的得意。

此后的孤芳国主，愈发要显示出他的天纵仙姿。东方的琉球国使臣来访，他用灿如金米的桂花铺了满地做毯，一直从城门绵延到王宫大殿，以示喜迎"贵客"。

那一天，孤芳国里的臣民生平第一次闻见桂花的香气，当琉球国使臣的队伍终于入宫后，地上的桂花被百姓们一抢而空！孩子们抓起就往嘴里塞，姑娘们珍藏在了梳妆台，小伙们披进了袍子的口袋，新婚的妇人缝进了枕套，就连那白发的老者，也忍不住携在袍子里时常拿出来嗅上一嗅。他们感慨得泪花闪闪:"人间竟有如此圣物,这香味一定是来自天宫圣殿的味道啊!"

琉球国使臣一住月余,每日鲜果不断,皆是天南海北难得的佳品,奶茶是添了五色鲜花制成的,每天口味都不重复,连沐浴时用的玫瑰花瓣也甘甜得像少女厚墩墩的唇……琉球使臣告别时再三俯身致意,承诺一定要把孤芳国主的仙姿细细禀告国王。

自此,孤芳国国主萧骑鹤的盛名,更遍布东方。

初冬时分,便是萧骑鹤的生辰了,孤芳国上上下下早就开始筹备国主的寿宴。及至生辰的前三日,络绎不绝的各国使臣陆续抵达,他们是来为国主萧骑鹤送生辰贺礼的,这其中尤以鹭兹使臣为国主萧骑鹤带来的厚礼世间最为难寻。

那天宫殿里各国来使聚集,鹭兹使臣指挥着使者抬着高笼鱼贯而入。

先是一只笼子里,两只黑白相间的花熊;又一只笼子里,是六只蓝脸金毛的山猴;再一只笼子里响闹无比,是各色稀有的雀鸟在欢叫;另有十二对梅花鹿,十二对毛色或雪白或赤红的美狐,十二对艳羽的孔雀。

大家忍不住团团围了上来,连萧骑鹤也情不自禁地离了宝座走到近前。这些鲜活生动的生命殊为可爱，都是世间罕见的生灵，众人一瞬间被迷住了。

鹭兹国使者拱手向前："我王早已听闻孤芳国是世外仙源，也知道国主向来不爱金银珠玉，就遍寻天下找来这六样灵物，特献与国主与王妃消遣解闷的。"

萧骑鹤果真喜不自胜："难得你王如此有心，这样的礼物，真是想都想不到啊！"

使者拱拱手："我王早说了，能博国主一展颜，便是这些小东西们的福气了！"

那天，鹭兹国使臣受到了最热情隆重的款待！

礼物是收下了，但这些礼物不同于寻常，它们个个都是鲜活的生命，它们需要继续生动地活下去才能博国主时时展颜一乐。那么问题就来了，这些小家伙们都是生活在茂林深处，经过良久的长途跋涉来到这戈壁之地的，已然个个神色萎靡，尽快地为它们建造一个安身之处，是当务之急。

萧骑鹤对絮游丝也是如此说的。

不料这次絮游丝断然拒绝了："国主莫要再说了！这次是万万不能了！"

"为何不能？！头发断了还能再长，可这些小生命一旦死去就再回不了魂了!"

"予夺生死全凭神灵,干我何事?!"

萧骑鹤眉毛鼻子拧成了一团,眼里愤恨有火,话还不得不软着说:"好吧,絮游丝,我承诺,这会是最后一次!我最后一次请求你的帮助。这次之后,我一定不再贪美,安安心心做个勤谨的国主!"

"上一次是最后一次!上上次也是最后一次!在你嘴里同样的话已经说了那么多次,我还如何信你?!"

絮游丝这次言辞冰冷,如霜如刀,倒让萧骑鹤难以对答。

"是啊,我的絮游丝,我的好王妃,你已然帮了我那么多次,再帮一次又如何?!便再舍下些头上青丝,给这些小生灵造个去处也好,这也是积德行善的事啊!"

絮游丝忽然气急了:"这何尝是积德行善?!柑橘就应生在南地,荒漠就该长着沙棘,这些生灵本就该回到它们该去的地方,非要硬生生把它们圈禁到他乡别地,根本就是罪孽!"

"天哪絮游丝,你什么时候变得这么铁石心肠?!我既是你的丈夫,更是你的王主,你竟然对我说出如此不敬之语!好,那我问你,礼物我已然收下了,难道你要眼睁睁地看着这些无辜的生灵个个死去吗?你倒说说看,难道我还能有其他办法吗?"

"办法当然有!如数退还,请那鹭兹使臣原样带回去吧!"

"什么?!铁石心肠的妇人!你竟然冷酷到完全不顾及我的

颜面！我乃孤芳一国之主，是万民仰望的仙姿之王！你让我把礼物退回，这是活活打脸你知道吗？！"

萧骑鹤脸面涨得紫红，絮游丝从未见过他有这样的愤恨。不过她已经不在意了，心一旦伤了，任你嬉笑怒骂也都纹丝不动。

"我知道！但我知道得太晚了！我就是知道得太晚，才会纵容你到今天，养得你如此贪心、自负、虚伪、喜功！我要是早知道有今天，当初就不该有那一根甘蔗！"

说至此，絮游丝和萧骑鹤都止住了。

两人相对而立，在凄冷的寝殿里，如数听尽外面呼啸而起的风。

凛冬已至。

这一刻静如深海，絮游丝把从遇到萧骑鹤至今的日子数了又数，惊觉已是十年！

那一天在戈壁滩上偶遇了萧骑鹤，那时的他还是忧伤的离家少年，而她则是神气扬扬的姑娘。如今她成了王妃，华袍加身，却不似当年的戈壁大漠，纵情快意。

回首处，两败成伤！

萧骑鹤离开时说："絮游丝，你本来不过是戈壁滩上放羊的丫头！是我给了你尊贵、体面、宠爱和这无人能及的奢华，你就该是我的奴仆！就该以生命相报你的主人！点花植树，这些不过是些微小事而已，这些年却屡屡要我低声下气地求你！你简直忘了自己的身份！是我让你过上了万人渴慕的生活，你却忘了，你的恩主是我！"

他说这番话时的神情残忍而倨傲，絮游丝忽然想到自己曾经见过的萧骑鹤的父亲，也就是孤芳国的老国主，与此时的萧骑鹤如出一辙！絮游丝此时深悔，当初万不该莽然相嫁！世人多不敢回头看，皆因回首处多半是悔！这十年的情分啊，全然是错！

不知不觉间，萧骑鹤已离了寝殿，絮游丝狠狠地甩头，卸下身上与发间的簪环，统统扔在地上！金珠玉石虽去，但发丝间浓浓的脂香挥之不散，往日的妙香缱绻，此时只让人觉得恨恨的嫌弃！

絮游丝重重地甩头，似乎要把这些年的所经所历统统从脑袋里甩出去！却忽而听到院里一阵阵骚动声，女侍们在门外来回走动，隐隐间还有札儿兀凄厉的惨叫。

絮游丝大声喊人，侍女慌慌张张来报："国主要把札儿兀烤了做宵夜点心！"

当絮游丝飞奔至后院，遥遥就望见札儿兀被绑在了屠凳上，眼睛里涨满了愤怒，而它目光所之处，萧骑鹤坐在那里。

"萧骑鹤，你疯了吗？！你要杀骆驼宰羊招待你的贵客那是你的事，干吗要动我的札儿兀！"

萧骑鹤的眼神冷冷望了过来："你的札儿兀？！我的王妃，

你恐怕忘记了吧，在这孤芳国里，一切人都是我的奴仆，一切物品牲畜都归我之所有，包括你，絮游丝，也是我的奴仆！何况区区一只黑羊！今天，我就要它做点心不可！"

"好，好，好！到今日我才后悔，若没有当初那栀子花的梳头油，就不会白白错入了这宰人的宫墙！这本就不是我该来的地方！"

絮游丝神色如刀，和着戈壁的夜风越聚越猛，吹得萧骑鹤略有心慌："王妃，你答应我的要求便好，札儿兀本王可以放掉。"

然而望向萧骑鹤的絮游丝，眼神凛冽刺寒，不由得令两边的侍者浑身一颤。

"萧骑鹤！今日我便遂了你的愿！不过贪心者自噬，你莫要后悔就好！当然，你也不再有机会后悔了！"

"王妃！你不必再任性了！我是你的丈夫，也是你的主人！我给了你荣华无限，好好做你的王妃，好好辅佐你的丈夫，这有什么不好？！"

"我生来没有主人！如果丈夫不中用，也可以不要！"絮游丝傲然仰头，声声掷地，句句戳心，她拔出腰间的短刀，伸手一把捋过长发，只是甩头挥手间，短刀已将长发如数齐肩斩下！她手握发辫，口中言道："萧骑鹤，今天终于是我和你了结的日子！"

旋即手一张，狂风顺势而来，卷走了缕缕青丝，在满空中击荡，直至全数飘落到了土地里，絮游丝口中念念有词"吽，咭咭，咕噜咕咧，帕摩雷"……

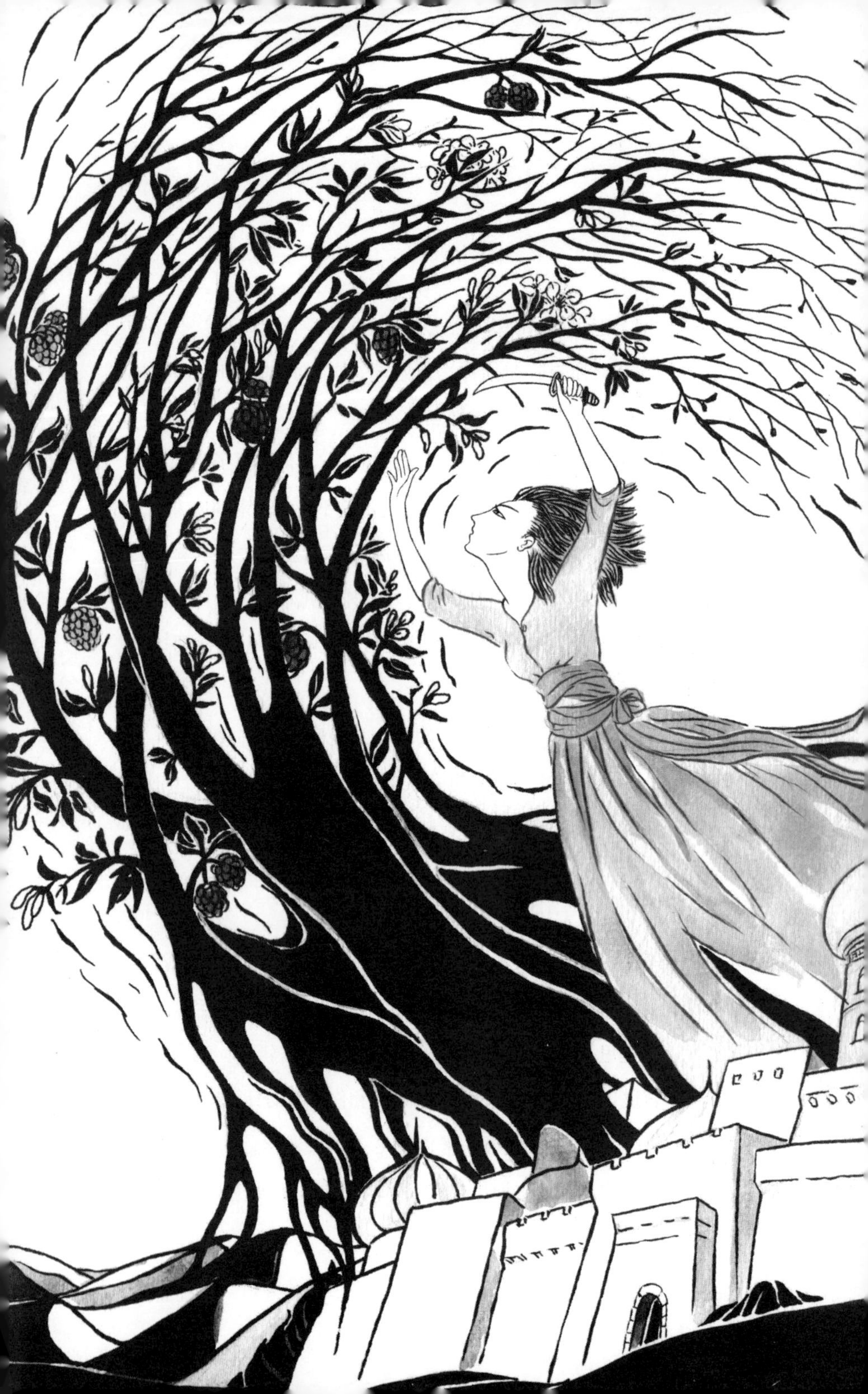

瞬间地底下钻出棵棵茂木，一株株都比无敌的勇士还要粗壮，它们无限向上伸展，大地已然承载不起它们的力量，整个宫城都在摇晃，耳边隐隐约约传来宫人们凄厉的呼喊，那里面亦有萧骑鹤的哀号："絮游丝！絮游丝！我的王妃！我的好妹妹！求你了，不要再让它们长了！我的好妹妹！求你收手吧……"

随着大地的震颤，札儿兀挣脱了屠凳，灵巧地躲闪过一株株怒气冲冲、勃然而出的茂木，它直奔絮游丝而来，一双眼睛满溢着复仇的快乐！

大地即将翻转，宫城就要倾覆，絮游丝回眸一望，萧骑鹤的身影已然不见，只剩凄厉的惨叫声一片！她纵身一跃，骑上札儿兀，听见了头顶上熟悉的欢叫，是鸣啾儿，一路跟随着她冲出茂林！

从此，再也没有孤芳国。

尾声：靡香国的秘密

噩梦里时辰格外漫长，一刹恍如几世。

木豆儿从门里出来，一屁股坐在有金丝绒枕垫的靠椅上，大口喘着粗气，嘴里不停地念念叨叨："天神啊魔王啊！刚才的经历还真真的心惊胆战！若不是亲身到此，就算亲耳听了也不会相信啊！"

掩香夫人饶有趣味地望着她。是的，从门里出来的人，没有谁不会改变心意，就算是眼前这女孩有些胆量，又比寻常庸碌的人们多些聪慧，想来也抵不过那噩梦的激荡。

木豆儿急喘了几口长气，端起手边业已放凉的蜜茶，咕咚咕咚就是几口下肚："夫人啊，我这才终于明白云旗公子、香莉黛姐姐他们为何抵死不肯成婚啦！那门里的一切着实让人又伤心又生恨啊！"

掩香夫人即便嘴角挂了浅笑，眼神却是冷冷的："所以你呢，也和他们一样，打算放弃成婚了吗？"

木豆儿抬起小脑袋，虽然喘息未定，眼睛却晶亮如初，她可爱的小下巴正好对着掩香夫人天鹅一般的脖颈："放弃？为什么要放弃？"

掩香夫人抬了抬眼皮："但凡从那扇门里出来的人，无不打消了结婚的念头，难道你还要坚持？"

木豆儿仰起小脑袋，直刺刺地望向掩香夫人。她的眼神热烈而直白，大胆又俏皮，她说："夫人，难道您的本意真的只是想告诉靡香国人婚姻之可怖吗？"

掩香夫人猛一被说穿了心事，眉间一蹙。

木豆儿言止于此，半晌才扬起一个狡黠的笑容："当我亲身经历过才明白，那一个个故事里，**摧毁幸福的，并不是婚姻，而是——欲望。**"

掩香夫人略沉下头，未发言语。

木豆儿便接着往下说了："从小总听外公念叨'**欲望能提升热忱，贪婪则摧毁一切**'。**或许是情爱最易横生贪欲，所以身堕爱恋的人，难免被欲望摆布。**也因此，夫人会选中那些即将成婚、满脑子爱意憧憬的人。想来，**对未来憧憬越深，越容易不由自身**

地陷入迷渊。夫人，我说的可对？"

"小丫头，你肚子里还有些什么话尽管说出来！"

木豆儿便壮着胆子说下去："我猜想，夫人曾经的幸福，也是因为世间的贪欲而被摧毁掉的吧？"

说到这儿，木豆儿停了下来，她在细细观察掩香夫人脸上的神态变化。

偏偏掩香夫人的脸埋进了夜的暗影中，看不清喜怒神态。木豆儿索性换了个话题："我自小便受外公教导，知道要信守承诺。我还要请夫人听听我带来的故事呢。"

掩香夫人脸庞忽地一转，问道："小姑娘，你叫什么名字？"

"我是木豆儿，夫人。"

"好的，木豆儿。看你如此聪明通透，不像个寻常的侍女。"

"夫人，我确实只是个再寻常不过的侍女。唯一不同的是，我从小跟着外公，听闻了太多太多世间奇巧的故事而已。夫人有所不知，我的外公，是个'收故事的人'。"

"哦？世间竟然还有收故事的人？"这倒让掩香夫人颇为惊奇了。

木豆儿点头："**这世上有黑夜，就定有白昼，有涩苦，就注定有蜜甜**。夫人的故事像那没有星星月亮的黑夜一般凄苦，不过它们的背面，还有些不同的故事，如日月般光辉皎洁、风铃花蕊般蜜甜馨香。"

此刻木豆儿目光坚定如深潭，反倒是掩香夫人的目光闪烁如瀑般跳跃。

木豆儿拍拍手臂上的布袋："喏，就是这一袋子，满满装着外公一生收来的故事。只要走进去，便可看尽天最南、地最北的故事了。它装满了世间的爱和暖，最宜医治伤心人。"

掩香夫人望过去："这就是你的故事？"

木豆儿点点头，嘴上俏皮温软，目光却坚若磐石："若是夫人心肠冷硬，我便把这些故事一个个说给夫人听，说上百天百夜也行！我不信听了这些故事的人，还会硬着心肠折磨人。"

这倒将了掩香夫人一军！

木豆儿回转身，一边抖开了布袋，一边嘴里念念有词，掩香夫人听着她似乎念的是"哈撒儿、阿秃儿、巴雅尔，你们是袋神原主啊，且莫急着扭打不开交，先把这美丽的夫人请进去。这善良的人儿心中有谜团，快给她一个称心的故事，方解愁虑。"

随着木豆儿念念叨叨，就看这原本米袋大小的一方，渐渐地抖动着，竟越来越大、越来越宽，看起来似有沉甸甸之态！木豆儿的手臂显然已经撑不起它的重量，她把布袋丢到地上，进而继续抖动，约莫有半盏茶的工夫，那布袋已然像一个支起的洞口，里面隐隐透出一簇簇五彩的光晕，似有万千世界在内！那光晕如霞如彤，映得掩香夫人目光如珠般明亮！

"夫人，若您不信我的话，且进去细细听。"

掩香夫人已是不由自主近身上前，一步一步飘身往布洞里去……

约莫过了三顿饭工夫，木豆儿见布洞里的光晕渐渐暗了下来，知道里面的一场故事该是到了收局处。她照旧是嘴里低声念叨着："哈撒儿、阿秃儿、巴雅尔，你们是袋神原主啊，且莫急着扭打不开交，先把这美丽的夫人送出来。善良的人儿已经找到了答案，称心的故事医治心病才最好。"

掩香夫人走出来时仍是步调轻缓，瞧她的脸上，还挂着思量的神色，想来还未从那故事中回味过来。木豆儿并不问她看到的故事是什么，只是静静地站在对面盯着她看。她打定了主意，要看看掩香夫人先说些什么。

掩香夫人平复了良久，并未多说刚才袋中的经历。她艳红的唇张合了几番，终于，冷冽的脸颊上炸开一个爽朗的笑容："也罢，各人有各人的缘法，非人力所能强为。"

木豆儿悬着的心瞬间松快了下来。

见掩香夫人的面色和软了下来，木豆儿才大着胆子问："夫人，您可就是妙鬘夫人絮游丝？若是我猜得没错，如今茂林密布的靡香国就是曾经让您伤透了心的孤芳国吧？我自小生长在靡香国里，每当风过山林的时候，仍有阵阵香气透过来呢。听老人们说，这靡香国祖祖辈辈已有两百余年了。"

"是啊，已是两百年前的事了。不该计较了。"

掩香夫人回过神。

木豆儿轻轻笑了："大概这就是外公说的，**你最恨的地方，恰恰生长着你最爱的东西**。"

掩香夫人再度沉默了。她其实也不能十分清楚地说起这件事的初衷，只知道两百年后当再度游历至此，发现曾经的孤芳已成了靡香，这原是令她无比伤心之地，这本是因她的仇恨而生的国，如今，人们依然纵情恩爱、甜蜜欢好。想来，不时剜心！

靡香国啊，乃是她身体的一部分，更是她生命里无法切割的痛楚……

掩香夫人挺立的脊背，高贵无匹。木豆儿率真的脸蛋，坦荡无尘。两个样貌极美的女子，久久相视，忽而一笑。木豆儿知道，她们之间已然达成了一种默契……

推开林檎树门，已是天色大亮。

木豆儿伸了个懒腰:"哎呀,这一夜可真累。可是,也真舒心!"

阿夏打着哈欠怨气连天:"足足折腾了一夜啊!不过说真的,那女人到底为啥总给新人们捣乱,这事儿你到底问明白了没有?"

"这有什么不明白的?!不问也知道。"

木豆儿故意卖关子,急得阿夏眼珠瞪得锃亮,木豆儿才说:"靡香国本是最伤她心的地方,如今靡香国人却个个恩爱快活。换了我,也会觉得心里堵闷。"

"可你方才明明没这么说!"

"若是彼此心知肚明,又何必再脱口而出。"

"听不懂、听不懂!"

"外公常常跟我说,**世上最毒的,是舌尖上的毒。人与人相见,若能顾及彼此的颜面,那便是善良了。**"

"你这个坏丫头!是在说我吗?我偏是只毒舌善心的神猫鹰,凭你怎样!"

"我能怎样?唉,还不是照样要把金色颈环亲手给你套上!"

木豆儿高昂着脑袋,迎着朝霞晨雾,一路跑跳着歌唱起来。

阿夏一叠声追问:"嗨,木豆儿丫头,瞧你这得意样儿,大概事情是办妥当了。你快说说,你到底是给那女人变了什么戏法?"

"这可不是戏法。这口袋里可全是我外公年轻时游历四方收来的故事。我还是板凳高的小女孩时，就时常钻进布袋里玩，去听那里面的袋神讲故事……"

"哦？那刚刚袋神给那女人讲的是啥故事？瞧她的样子可是不太好缠哪！"

"这会儿我实在困了，懒得告诉你。等改天我睡饱了，细细讲给你听便好。"

"哼！又是改天！这又不知道等到哪一天了！"

"嗨，你若这么有兴趣，亲身进去瞧瞧不就知道了？"

"啧啧，有这样的宝贝也不早说！我定要进去瞧瞧！"

"带你进去做一回森林王子也没问题哪！"

"真的？那可说定了！"

"拿金色颈环换也行？"

"木豆儿丫头！我就知道你要讨价还价！"

"换不换由你！这口袋里的故事，可顶得上一百个金色颈环！"

"换就换！不过，你还得给我讲讲你外公的故事。"

"可以，不过不是现在。现在我得先去挑我的嫁妆啦！"

若你和阿夏一样，也是个好奇宝宝，别急，先歇口气，接着听我讲——《收故事的人》。

（全书完）

图书在版编目（CIP）数据

靡香国没有婚礼 / 苏芩著. -- 北京：中国友谊出版公司，2020.5

ISBN 978-7-5057-4888-0

Ⅰ.①靡… Ⅱ.①苏… Ⅲ.①长篇小说—中国—当代 Ⅳ.①I247.5

中国版本图书馆CIP数据核字（2020）第045310号

书名	靡香国没有婚礼
作者	苏芩
出版	中国友谊出版公司
发行	中国友谊出版公司
经销	新华书店
印刷	三河市双升印务有限公司
规格	880×1230毫米 32开 8.5印张 157千字
版次	2020年5月第1版
印次	2020年5月第1次印刷
书号	ISBN 978-7-5057-4888-0
定价	45.00元
地址	北京市朝阳区西坝河南里17号楼
邮编	100028
电话	（010）64678009

如发现图书质量问题，可联系调换。质量投诉电话：010-50919978